Ernst von Wildenbruch

Christoph Marlow

Trauerspiel in vier Akten

Ernst von Wildenbruch

Christoph Marlow
Trauerspiel in vier Akten

ISBN/EAN: 9783743365025

Hergestellt in Europa, USA, Kanada, Australien, Japan

Cover: Foto ©Andreas Hilbeck / pixelio.de

Manufactured and distributed by brebook publishing software
(www.brebook.com)

Ernst von Wildenbruch

Christoph Marlow

Christoph Marlow.

Trauerspiel in vier Akten

von

Ernst von Wildenbruch.

Berlin, 1884.

Verlag von Freund & Jeckel.

(Carl Freund.)

Personen.

Sir Thomas Walsingham.
Leonore, seine Tochter.
Margaret, Angehörige des Hauses Walsingham.
Francis Archer, Leonorens Verlobter.
Christoph Marlow,
Ben Johnson,
Robert Green,
Peele,   } dramatische Dichter.
Lodge,
Nash,
William Shakespeare,
Lord Hunsdon, Kämmerer der Königin Elisabeth.
Henslow, Theaterunternehmer in London.
Trillop, Hausnarr der Königin Elisabeth.
Erster
Zweiter } Diener im Hause Walsingham.
Erster
Zweiter } Schauspieler von Henslow's Truppe.
Pagen. Diener. Schauspieler. Schriftsteller.

Ort der Handlung:
Im I. und II. Akt zu Cambridge, im Hause Walsinghams,
im III. und IV. Akt zu London.

Zum ersten Male aufgeführt am Königlichen Hoftheater
in Hannover am 6. Mai 1884.

Erster Akt.

(Ein Saal im Hause Sir Thomas Walsingham's zu Cambridge. Thüren rechts, links, in der Mitte; die Mittelthür ist weit geöffnet, man sieht durch dieselbe in den ebenerdigen Garten. Das Zimmer ist mit schweren dunklen Möbeln ausgestattet; rechts und links neben den Thüren je ein großer Schrank von dunklem Eichenholz; vorn links ein Tisch mit Stühlen.)

1. Auftritt.

Leonore (kommt von rechts, geht an die Mittelthür, blickt hinaus.)

Leonore.

Mein Vater im Gespräch mit meinem Bräut'gam —
Der Eine lauschend zu des Andren Worten,
Fern ab mit den Gedanken — Pforte zu —
(Sie zieht rasch die beiden Thürflügel zu.)

Und nun — mit ihm allein!
(Blickt in stummer Wonne um sich.)

So komm hervor. —
(Sie öffnet den Schrank links.)

Hier denk' ich, wohnst du, diese Schränke bergen
Des Vaters Bücher —
(Sie sucht unter den Büchern, die in dem Schrank stehen und liegen.)

Wo verbirgst du dich?

Ich finde nicht — in diesem dann vielleicht.
(Sie wirft den Schrank zu, geht an den anderen, öffnet ihn und sucht.)

O hier — erdrückt von wustigem Papier,
Das kleine Heft!
(Sie reißt ein gedrucktes Heft aus dem Schranke, drückt es an sich.)

Marlow, so halt' ich dich!

1
1

(Zu dem Buche ſprechend.)

Komm, ſei geduldig, ungeſtümer Geiſt,
Sprich einmal noch zur armen Leonore. —

(Sie ſchlägt das Buch auf, lieſt.)

„O du, mit Himmelsſchönheit angethan,
Zenokrate, Erwählte meines Geiſtes,
Und meiner Sinne reizumhülltes Ziel,
Um Vater weinend und um Vaterland,
Verklagſt du mich mit deinen ſtummen Thränen,
Denn beides nahm ich dir — für dieſes Alles
Nimm dieſes Herz, von Liebe ſo erfüllt,
Daß du nicht and're Liebe brauchſt daneben.“

(Sie iſt unterdeß bis nach vorn gekommen, ſetzt ſich an den Tiſch, legt das Buch darauf
und blickt gedankenvoll darüber hin.)

O Poeſie, allgegenwärt'ge Göttin,
Dein großes Aug' umfaßt die weite Welt
Und findet Zeit, in jedes Herz zu blicken,
Ihm zu verkünden, was es braucht und wünſcht —
Dich bet' ich an. —

2. Auftritt.

Margaret (erſcheint in der Thür rechts, bleibt eine Weile, Leonore beobachtend,
ſtehen, tritt dann heran.)

Margaret.
So ganz in's Buch verſenkt?

Leonore (fährt auf).
O — wie erſchreckſt Du mich!

Margaret.
Ein gut Gewiſſen
Erſchrickt ſo leicht nicht. Meiner Leonore
Gewiſſen iſt doch rein?

Leonore.
Und weshalb nicht?

Margaret.
Das iſt die Bibel nicht, was Du da lieſ't,
Was iſt es dann?

2

Leonore.

Ich weiß, Du wirst mich schelten,
Ich — nahm es aus dem Schrank —

Margaret.

In dem Dein Vater
Das Buch verschloß?

Leonore.

Verschlossen war es nicht.

Margaret.

Doch er verbarg es?

Leonore.

Allerdings —

Margaret.

So mein' ich,
Er wünscht, Du läsest nicht in diesem Buch.

Leonore.

Ich sagte ja, daß Du mich schelten würdest.

Margaret
(setzt sich neben sie, legt den Arm um ihren Nacken).

Ich schelte Dich? Schau mir in's Angesicht,
Sieht dieser Mund nach bösen Worten aus?

Leonore.

Nein, doch nach Kummer, und der stumme Vorwurf
Quält bitterer, als der laute.

Margaret (zieht sie an sich).

Süßes Kind,
Sei ruhig, niemand quält Dich.
(Sie nimmt das Buch auf.)

„Tamerlan" —
Das ist das Stück, das Christoph Marlow schrieb;
Ein großes Werk.

Leonore.

Du kennst es, Margaret?

Margaret.

Ich kenn' es wohl; ſie ſpielten's im Theater
Zu London und das ganze Volk von London
Stand auf und jauchzte Chriſtoph Marlow's Namen.

Leonore.

O mehr, ſprich mehr, ſag' Alles, was Du weißt!

Margaret.

Sie nennen ihn den größten Dichter Englands
Und ſagen, eine neue Zeit der Dichtung
Sei mit ihm angebrochen.

Leonore.

　　　　　Margaret —
Und mir verbietet Ihr —

Margaret.

　　　　　　　Dies Alles ſag' ich,
Daß Du Gerechtigkeit in mir erkennſt.
Nun höre mehr: den Mann, der dieſes ſchrieb,
Ihn ſelber kenne ich, weil ich ihn kenne,
Fleh' ich Dich an: lies nicht in dieſem Buch!

Leonore.

Was ſchreckſt Du mich? Ich weiß, daß Du ihn kennſt.
War's nicht mein Vater ſelbſt, der ihn allhier
Studiren ließ, verbeſſernd das Geſchick,
Das dieſen hohen Geiſt an niederem Orte
Geboren werden ließ?

Margaret.

　　　　　So that Dein Vater —
Dein güt'ger Vater, ja. — Liebſt Du ihn recht?

Leonore.

Wen meinſt Du? Meinen Vater?

Margaret.

　　　　　　　Deinen Vater,
Ja, Deinen güt'gen Vater — liebſt Du ihn?

4

Leonore.

Wie sonderbar Du fragst — ich liebe ihn
Von ganzer Seele.

Margaret.
Lieb' ihn mit der That!
Gehorsam ist die That, die ihren Eltern
Kinder darbringen — lies nicht in dem Buch!

Leonore.

Dies Buch und immer wieder dieses Buch!

Margaret.

Bücher sind Menschen, Bücher haben Seelen!
Sie tragen in des Nebenmenschen Seele
Fluch oder Segen ihrer eignen Art.

Leonore.

Und dieses Buches Seele —

Margaret.
Ist Verderben.

Leonore (streichelt das Buch).

Ach, armer Marlow, wie sie dich verläumdet.
(Zu Margaret.)

Wo nimmst Du diese schlimme Weisheit her,
Du finst're Mahnerin?

Margaret.
Aus Deinem Antlitz.

Leonore.

Aus — meinem Antlitz?

Margaret.
Ja, aus Deinen Wangen,
Die ich in dunklen Flammen lodern sah,
Jetzt, als Du lasest. (Sie küßt sie.) Süßes Angesicht,
Des großen Dichters Wort, voll heil'ger Weisheit,
Durchströmt das Herz wie Gottes reine Luft;

Vor seinem Hauche lichten sich die Schatten,
Die Unheil brauen in des Menschen Brust,
In seinem Strome baden sich die Sinne
Von Gluthen rein —

Leonore.

Groß nanntest Du sein Werk,
So ist auch er von diesen!

Margaret.

Nicht von diesen!
Ein wilder Schoß am Baum der Poesie
Das ist er; seine Werke sind von jenen,
Die, wenn wir sie in unser Herz getrunken
In gährend Blut sich wandeln. Diese Dichter,
Gefoltert von der eig'nen Phantasie,
Sie flüchten sich in reine Menschenherzen
Und sie verwüsten sie. O trautes Kind,
Hör' auf mein Wort, verschließ' Dein Herz vor ihnen!

Leonore.

Was that er Dir, daß Du so tief ihn hassest?

Margaret.

Ich hasse ihn? Würd' ich vor ihm Dich warnen,
Wenn man ihn hassen könnte?

Leonore.

Margaret, —
So hast Du ihn geliebt?

Margaret.

Ob ich ihn liebte?
Wie ich Dich liebe, also liebt' ich ihn!

Leonore.

O, wie dies Wort Dich wieder mir zurückgiebt.
(Sie umschlingt sie mit ihren Armen.)
Komm, an Dein Herz geschmiegt, in dem wir beide
Verschwistert wohnen, rede mir von ihm.
Ich war ein Kind — wie lange ist es her
Seitdem er von uns ging?

Margaret.
Fünf lange Jahre.

Leonore.
Jung war er damals?

Margaret.
Jung, ſein Angeſicht
Von keinem Flaum der Mannheit noch beſchattet.
O, dies Geſicht, von Geiſtesmacht durchſtrahlt,
Wer ſah es je und hätt' ihn nicht geliebt!
Dies Auge, überwölkt von düſt'rer Schwermuth,
Wer ſah's und hätte Mitleid nicht gefühlt!

Leonore.
Das iſt's, was ich aus ſeinen Worten las,
Daß er unglücklich iſt.

Magaret (erhebt ſich).
Was lockſt Du mich,
Von ihm zu ſprechen? Still von ſeinem Namen!
Und fort das Buch! (Sie faßt das Buch.)

Leonore (hält das Buch feſt).
Noch nicht, o nein, noch nicht;
Laß mich den Grund von ſeinem Unglück wiſſen.

Margaret.
Warum die Frage?

Leonore.
Weil mein Herz mir ſagt,
Daß ich es heilen könnte.

Margaret.
Leonore!! —
Ihn heilen? Du? Gebiete der Natur,
Daß ſie noch einmal ihn und anders ſchaffe,
Sonſt heilt ihn nichts; er ſelber iſt ſein Fluch,
Sein Unheil quillt aus ſeinem eignen Weſen.

7

Leonore.

Doch Liebe mildert rauhe Eigenart,
Und wer ihn liebt —

Margaret.

           Der ist mit ihm verloren!
Er kann nicht lieben, Liebe ist gesellig,
Und über seinem Haupt der düstre Stern
Heißt Einsamkeit.

Leonore.

           Lies dieses Buch und sage,
Daß der nicht lieben kann, der solches schrieb!

Margaret.

Ja, wie der Adler eine Taube liebt,
Die sich verirrt in seine rauhen Fänge.
Thörichtes Kind, was Du ihm geben willst,
Ward ihm von Deinem Vater einst geboten —

Leonore.

Mein Vater bot ihm — was?

Margaret.

           Glück, Haus und Frieden,
Die Freuden alle, die die Heimat zeugt;
Ein Herz, so reich an Liebe, um drei Seelen
Damit zu speisen, das er diesem Einen
Zu Füßen warf; und dieser Eine ging,
Ging ihm vorüber, gleich dem Wolf der Haide
Entsprang er, aus dem sanften Bann des Friedens
Und wählte statt der Liebe sich den Ruhm.

Leonore.

So wählt' er recht, das stolzeste Gedicht
Des Dichters muß sein eigenes Leben sein!

Margaret.

Schwärmendes Kind!

Leonore.

                    Sei er der wilde Adler
Und ich die Taube, in den stolzen Fängen
Muß er mich tragen dann zu seiner Höhe;
Mein letzter Athem trinkt die Luft des Himmels,
Mein brechend Auge sieht die Majestät
Der Welt zu Füßen mir — o besser wahrlich
Ein solcher Tod, als langsam hinzuschmachten
In sich'rer Nüchternheit —

Margaret.

                    Sprich nicht zu Ende,
Sonst frevelst Du!

Leonore.

                    Als bis zum Grabe schleppen
Die Kette bleierner Alltäglichkeit,
Die mich verknüpft dem nüchternen Gemahl!

Margaret.

So redest Du von Deinem Bräutigam?
O frevelhafter Uebermuth der Jugend,
Die Lieb' vergeudet! Lern' es nie entbehren
Das schlichte Herz, das heute Du verschmähst!

Leonore (bricht in Thränen aus).

Bin ich so herzlos denn, wie Du mich schiltst?

Margaret.

Du herzlos? O, hinweg mit diesen Thränen!
(Sie eilt an die Mittelthür, blickt hinaus, kehrt dann zurück, kniet vor Leonore nieder.)
Dein Vater kommt — hör' mich, bevor er kommt:
Gott schenk' ihm Leben, aber er ist alt,
Und Krankheit, fürcht' ich, nagt an seinen Tagen.
Sein Leben, reich an Kummer und Enttäuschung,
Birgt eine einz'ge Gabe noch für ihn,
Die Du ihm schenken kannst —

Leonore.

                    Die ich? — Was meinst Du?

Margaret.

Laß ihn Dich glücklich seh'n mit Francis Archer.

Leonore.

Hilf Gott, was drängst Du mich so ungestüm?
Ich gab ihm meine Hand.

Margaret.

Doch nicht Dein Herz.
Gieb ihm Dein Herz, hör' der Erfahrung Stimme,
Du wirst mit diesem Manne glücklich sein.
Blick' in sein Aug' — es schwimmt nicht in Verzückung,
Doch Liebe, Güte, Treue wohnt darin;
Fühl' seine Hand, die Hand schreibt keine Verse,
Doch sie ist stark und trägt durch's Leben Dich.
Laß ab vom Träumen, wache auf zum Leben,
Liebe ist mehr als höchster Dichtertraum.

Leonore (beugt sich weinend über sie).
Bedränge mich nicht mehr, Du hast's vollbracht,
Und Francis Archer will ich angehören.

3. Auftritt.

Sir Thomas Walsingham. Francis Archer (sind während der letzten Worte in der Mittelthür erschienen).

Sir Thomas (auf Francis gestützt).
Gott segne und bewahre dieses Wort,
Das liebste, das ich hören kann auf Erden.
(Margaret erhebt sich hastig vom Boden.)

Sir Thomas (zu Francis).
Komm', Francis, steu're dieses alte Wrack
Zu einem Sessel — ich bin müde — ah!
(Er geht, auf Francis gestützt, bis nach vorn und läßt sich am Tische nieder.)

Francis (tritt zu Leonore).
Warum in Thränen, meine Leonore?
(Er reicht ihr die Hand.)

10

Leonore (blickt zu Boden).

Frag' ihnen nicht mehr nach, sie sind geweint —
Francis — mein Guter. —

(Sie erhebt sich, tritt zu ihrem Vater.)

Müde, theurer Vater?
Doch nicht von Krankheit?

Sir Thomas.

Sei es, was es sei,
Ich hab' mein Haus bestellt und so ist's gut.

(Bemerkt das Buch.)

Was find' ich hier?

Leonore.

Mein Vater — Du wirst zürnen —

Sir Thomas (zu Margaret.)

O Margaret!

Leonore.

Schilt nicht auf sie, mein Vater,
Mein Ungehorsam überwältigte
Ihr Widerstreben.

Sir Thomas.

Nichts von Schelten heute —
Ein größer Urtheil, als das meinige
Wird über Christoph Marlow jetzt gesprochen —

Margaret.

Was meint Ihr? Welch ein Urtheil, theurer Herr?

Sir Thomas.

Dem wir uns Alle beugen — Christoph Marlow
Ist todt.

Leonore.

Mein Vater!

Margaret (verhüllt sich die Augen).

Allbarmherz'ger Gott!

11

Sir Thomas.

Vor Tagen kam mir das Gerücht aus London,
Doch ich verſchwieg es; heute bringt mir Francis
Düſt're Beſtätigung. — O, Margaret —
Mein Herz verſtändigt ſich mit Deinen Thränen,
Verbirg ſie nicht.

Margaret.

       Mußt' ich dein todtes Haupt
Mit ſolchem Tadel geißeln, Chriſtoph Marlow?

<small>(Umarmt Leonore, die ſchweigend, tief in Gedanken ſteht.)</small>

O Leonore, nicht weil ich ihn haßte,
Weil ich Dich liebe, ſprach ich, wie ich ſprach.

Leonore.

Ich weiß es, Margaret. — Wann ſtarb er, Vater?
Und wo geſchah's?

Sir Thomas.

       Da, wo ſein glühend Herz
Ihm ſagte, daß es Kühlung finden würde
Vom allzu heißen Leben — draußen liegt er
Im tiefen Meer.

Margaret.

       So wollt' er England flieh'n?
Und auf der Reiſe ſtarb er unterwegs?

Francis.

Im Kampfe ſtarb er für das Vaterland.

Sir Thomas.

So iſt's, wie Francis ſagt. Als vor drei Monden
Der Spanier wider England ſich erhob,
Als die Armada unſer Land bedrohte,
Warf er die Feder weg und griff zum Schwert,
Er ging zu Schiff; Lord Howard, der die Flotte
Von England führte, nahm ihn willig auf
Und auf dem Strand von Grevelingen — o —

<small>(Bricht ab, Pauſe.)</small>

Francis.

Im Sturm auf Don Monkada's Galeasse,
Traf ihn ein Schuß aus spanischer Muskete,
Und er verschwand im Meer.

Leonore (steht wie verzückt, mitten auf der Bühne).

So wird sein Lied
Nie mehr in England nun ertönen.

Sir Thomas.

Nein,
Er fand, was er gesucht.

Margaret.

Sucht' er den Tod?

Sir Thomas (neigt sich auf das Buch).

Du kanntest ihn wie ich, befrag' Dich selber. —
Nenn' es Verhängniß, tröste Dich mit Worten,
Sag', daß, wer allzu stürmisch durch das Leben
Hingeht, wie er, auch schneller an die Schranken
Des Lebens kommen muß — Trostworte füllen
Die Stelle nicht, in der ein Mensch gewohnt.

Leonore (wie vorhin).

Doch wie ein Denkmal über seinem Tode
Liegt Englands Ruhm, unsterblich wie die See. —
So dacht' ich immer, müßt' ein Dichter hingeh'n,
Dem Vaterland verströmend Leib und Seele,
Ganz seines Volkes schönstes Eigenthum. —
Nun aus des Jenseits Unermeßlichkeit
Ruf' ich dein Bild in's Herz mir, Christoph Marlow,
Dein schönes, makelloses. —

(Pause.)

Francis (zu Leonore).

Leonore,
Einsilbig ist das Herz, das viel empfindet,
Und dürftig ist mein Wort, doch Alles sagt es
Dem, der's verstehen will: ich liebe Dich.

So lieb' ich Dich, daß ich Dich bitten darf,
Miß dieſen Todten, den Du heut beweinſt,
An dem lebend'gen Herzen, das ich bringe,
Verachte ſeine Schlichtheit nicht.

Leonore.
                    So weißt Du,
Daß ich um ihn geweint und zürnſt mir nicht?

Francis.
Nein, beinen Thränen miſchen ſich die meinen,
Um Englands tobten Dichter wein' auch ich.

Leonore (faßt ſeine Hände).
O edles Herz — Francis, ich liebe Dich.

Sir Thomas.
So recht, Ihr Kinder — Francis, lieber Sohn,
Du ſahſt mich heut um einen Menſchen weinen,
Den einſt ich Sohn genannt — von and'rer Art
War er als Du, er war die wilde Flamme,
Das ſanfte, treue Feuer biſt mir Du.
                    (Er erhebt ſich.)
Sieh, hier mein Kind — wie eine zarte Blume
Des Südens ward durch Wärme es verwöhnt
An meinem Herzen, wärme ihr das Leben
Durch treue Liebe, wenn ich nicht mehr bin;
Verſprichſt Du mir's?

Francis.
                    Mein Herr und Vater, ja.

Sir Thomas.
Glück auf, dies Ja hat dreier Eide Kraft,
Ich hör's ihm an. — Und du, mein ſüßes Mädchen?
Hängſt Du das Haupt?

Leonore.
                    Warum vom Sterben ſprechen,
Mein theurer Vater?

14

Sir Thomas.

Nichts vom Sterben jetzt,
Mein Herz ist fröhlich. Kommt hinauf in's Haus,
Da droben hab' ich ein Papier zu liegen
Von Heirathsgut; das sollst Du lesen, Francis,
Und unterschreiben. Dann zur Abendmahlzeit
Hier unten.

Margaret.
Hier im Saale, werther Herr?

Sir Thomas.
Ja, Margaret, bereit' uns hier den Tisch,
Ich liebe diesen Raum — und fünf Gedecke
Leg' auf die Tafel.

Margaret.
Und für wen das fünfte?

Sir Thomas.
Weiß ich es selbst? Wer heut vorübergeht
Sei unser Gast, so fröhlich ist mein Herz,
Als wartet' ich auf freundlichen Besuch;
Kommt, fröhliche Gesichter will ich seh'n,
Das sind die Sterne an des Hauses Himmel.

(Geht auf Francis und Leonore gestützt, links ab.)

Margaret (blickt den Abgehenden nach.)
Gütiger Mann — wenn Gott mich hören wollte,
So wär' der fremde Gast, den du erwartest
Das Glück und setzte sich an deinen Tisch.

(Geht rechts ab. Unterdeß ist es dunkel geworden. Pause.)

4. Auftritt.

Christoph Marlow (erscheint in der Mittelthür. Er ist soldatisch gekleidet, mit Degen und breitrandigem Hut, bärtig; geht etwas lahm, wie an einer Wunde leidend).

Marlow.
Die Schwelle tönt mit altvertrautem Klange
Den Willkomm mir. — (Sieht sich um.)

O friedevoller Raum,
Erfüllt von dem geweihten Duft der Heimath! —
Kennt man hier noch den Namen Chriſtoph Marlow's?
Oder verbannte man das Angedenken
Deß, der ſich ſelbſt verbannt und welcher heute
Hereinſchleicht, wie ein müdes Thier der Wildniß,
Gelockt vom warmen Dunſt der Menſchlichkeit?
(Geht nach vorn, ſetzt ſich an den Tiſch.)
Erfahrung heißt, reich werden durch Verlieren —
Ich wurde reich am bitteren Beſitz! —
(Er breitet die Arme über den Tiſch, legt das Haupt darauf; dabei bemerkt er
das Buch.)
Was iſt das hier? Ein Buch? (Nimmt es auf.)
　　　　　　　　　Täuſcht mich das Dunkel —
Sonſt glaubt' ich, wären's Verſe? Was iſt das?
Zenokrate? — Es iſt mein eig'nes Werk!
(Steht mit einem Ruck auf.)
So lebt' ich doppelt; ſchweifend ging mein Leib
In weiter Welt, und meine Seele wohnte,
Zwieſprache pflegend, hier. — Wer iſt der Menſch,
Der hier ſich unterhielt mit meinen Verſen?

5. Auftritt.

Zwei alte Diener (von rechts. Der eine trägt zwei Lichter, der andere
Tafelzeug).

Erſter Diener.

Und das letzte Mal war's, vor zwanzig Jahren, als ich
bei Sir Eggerton im Dienſte war; drei Mal hab' ich's
erlebt und jedes Mal hat's nichts Gutes gegeben, wenn
ungerade Zahl bei Tiſche ſaß.

Zweiter Diener.

Ein zu gutes Herz hat er, unſer gnädiger Herr, es giebt
kein größeres Unglück, als wer ein zu gutes Herz hat.

Erſter Diener (ſtellt die Lichter auf den Tiſch).

Wer kommt, der ſoll mir recht ſein — ich danke ſchön —
das heißt, die Landſtraße zu Gaſt laden.
(Sie fangen an zu decken.)

16

Zweiter Diener.
Dieser Herr Nummero fünf ist der Teufel.

Erster Diener.
Jetzt, wo sie die Flotte nach Hause schicken.

Zweiter Diener.
Wo wir zwanzigtausend raufboldige Müßiggänger mehr im Lande haben.

Erster Diener.
Wo das Gesindel auf allen Straßen herumläuft.

Zweiter Diener (ergreift das eine Licht).
Was steht denn da? Gieb doch ein Mal her —
(Leuchtet auf Marlow, der im Hintergrunde steht.)
Donner — was ist das?

Erster Diener.
Wie — wie kommt Ihr hier herein?

Marlow (zeigt auf die Mittelthür).
Durch die Thür.

Erster Diener (zum zweiten).
Durch die Thür — hast Du's gehört?

Zweiter Diener (zum ersten).
Da haben wir's. Nummero fünf.

Erster Diener (zu Marlow).
Ihr — Ihr seid von der Flotte entlassen?

Marlow.
Ich war auf der Flotte — ja.

Erster Diener (zum zweiten).
Hast Du's gehört?

Zweiter Diener (zum ersten).
Da haben wir's. — Ein Raufbold von der Flotte.

2

Erſter Diener (zum zweiten).

Und ſolch einem Schlingel ſoll man Meſſer und Gabel putzen!

Zweiter Diener (zum erſten).

Meſſer und Gabel putzen!

Marlow.

Thut Eure Pflicht, deckt Euren Tiſch und kümmert Euch nicht um mich.

Erſter Diener (zum zweiten).

Dieſer Kommando=Ton — haſt Du gehört?

Zweiter Diener (zum erſten).

Als wenn's ein Admiral wäre — ſo ſpricht das.

Erſter Diener (zu Marlow).

Darf man denn fragen, was der Herr eigentlich hier wünſchen?

Marlow.

Darf ich fragen, ob Du der Herr vom Hauſe biſt?

Erſter Diener.

Wa —? Ob ich —?

Marlow.

Dann darfſt Du nicht fragen.

Zweiter Diener.

Ah — ah — aber das iſt doch wirklich —

Marlow (ſetzt ſich).

Deckt Euren Tiſch und ſtört mich nicht durch Euer Gemecker, Ihr alten Ziegenbärte.

Erſter Diener.

Ziegenbärte?

Zweiter Diener.

Ziegenbärte?

Erster Diener.
Wo habt Ihr den Ausdruck her?

Zweiter Diener.
Wer hat Euch gesagt, daß wir Ziegenbärte sind?

Erster Diener.
Ihr seid mit Christoph Marlow auf der Flotte zusammen gekommen? Sagt's heraus.

Marlow (für sich).
Hat Bart und Kleidung mich denn so verändert, daß sie mich nicht mehr kennen? (Laut.) Warum meinst Du, daß ich Christoph Marlow kennen gelernt haben sollte?

Erster Diener.
Weil auf Gottes weiter Welt nur er uns so nannte, der Schlingel, der nichtsnutzige, der! Weil er uns jeden Tag so nannte, so oft er uns sah!

Marlow.
Haha — ja, es fällt mir ein, er sagte mir so etwas, als er mir von Sir Walsingham's Haus erzählte.

Zweiter Diener.
Hat er Euch erzählt von Sir Walsingham's Haus? Hat er? Daß Sir Walsingham's Haus zu Cambridge ein Haus ist, wo man nur anzuklopfen braucht? Nicht wahr?

Erster Diener.
Und daß in Sir Walsingham's Haus der Tisch gedeckt steht für jeden Bettler, Landstreicher und Lumpen! Nicht wahr? Nicht wahr?

Marlow.
Daß Sir Walsingham ein edler, ein gütiger Mann sei, das hat er mir gesagt, und daß in seinem Hause zwei bockbeinige, grützköpfige, alte Burschen Diener spielen —

Zweiter Diener.
Damit hat er uns gemeint!

19

Marlow.

Glaub's selber, daß es auf Euch ging.

Erster Diener.

Das sieht ihm ähnlich, dem Schlingel, dem nichtsnutzigen, dem! O welch ein Mensch war das!

Zweiter Diener.

Dafür hat ihm nun der Spanier sein Theil gegeben.

Marlow.

Soll das heißen, daß er todt ist?

Erster Diener.

Nun freilich, Ihr solltet's besser wissen als wir, denk' ich.

Marlow.

Im Kampfe wider die Armada wäre er gefallen? Sagt man das?

Zweiter Diener.

Sagt man das? Freilich sagt man das. Bei Greve=lingen, als er, naseweis und frech, wie er immer war, Don Hugo Monkada's Galeasse ersteigen wollte, hat ihn der Spanier aus der Welt geblasen. Gott verzeih' ihm — hol' ihn der Teufel.

Marlow.

Und wenn's so war, wenn er im Sturme auf Don Monkada's Galeasse fiel, that er's nicht für Dich, für Euch Alle, für England? Darfst Du so unfläthig von ihm sprechen?

Zweiter Diener.

Un—fläthig —? Ich —? Soll ich vielleicht jetzt noch den Hut vor ihm ziehen, vor dem Schuhflickerssohn?

Marlow (fährt auf).

Ha!

Erster Diener.

Ein Schuhflicker! Das war sein Vater! Ein Pechdraht=zieher! Und unser Herr, unser viel zu guter, armer Herr, weiß der Teufel, was für einen Narren er an dem Schlingel gefressen hatte! „Christoph Marlow ist ein Ingenium — er muß auf die Schule" — unser Herr schickt ihn auf die Schule — „Christoph Marlow muß studiren" — er läßt ihn studiren — hier, zu Cambridge, unter all' den vornehmen, schönen, reichen, jungen Herren — Christoph Marlow, komm an meinen Tisch — Christoph Marlow, brauchst du Geld? Christoph Marlow rechts — Christoph Marlow links — um die Pest und die Schwerenoth zu kriegen!

Zweiter Diener.

Und wir — wie einem Fürsten mußten wir dem her=
gelaufenen Schlingel aufwarten!

Erster Diener.

Dafür hat's unser armer Herr nun; er hat's ihm aller=
liebst vergolten, sein zuckersüßer Christoph Marlow.

Marlow.

Was meinst Du? Was hat ihm Christoph Marlow
gethan?

Zweiter Diener.

Davongelaufen ist er ihm, bei Nacht und Nebel, wie ein
undankbarer Galgenstrick!

Marlow.

Wer sagt Dir, daß er undankbar war? Wer sagt Dir das?

Erster Diener.

Wer's uns sagt? Weil wir's ihm angesehen haben, un=
serm armen Herrn, wie er im Hause umhergegangen ist, weh=
leidig wie ein Gespenst, als ihm der — der Mensch davon=
gegangen war — weil er etwas Ordentliches aus ihm hatte
machen wollen, einen Magister, einen Professor hier am
Colleg — und weil er nachher so abscheuliche Dinge über
ihn aus London hören mußte.

Marlow.

Was hörte man über ihn aus London?

21

Zweiter Diener.

Daß er unter lüderliches Volk gegangen iſt, unter die Komödiauten! Daß er ſich an Dirnen gehangen hat.

Erſter Diener.

Daß er ſich in London in die Tavernen geſetzt und gottloſes Zeug geſchrieben hat, was ſie auf dem Theater agiren, erlogenes Zeug, wo kein wahr Wort daran iſt, was kein Chriſtenmenſch anſehen darf, wenn er ſeine ewige Selig= keit bewahren will.

Marlow (grimmig, höniſch).

Schrieb er das? Wirklich? Wirklich?

Zweiter Diener.

Ihr könnt's ſchon glauben.

Marlow (ſpringt auf).

Ja, Narr — ich glaub's, ſoll ich von Dir erfahren,
Daß Chriſtoph Marlow's ſtolzer Dichtername
Ganz England füllt?

Erſter Diener.

Wa —?

Zweiter Diener.

Wa —?

(Beide ſehen ihn ſtumm, verdutzt an.)

Marlow.

Die Tafel iſt gedeckt, macht Euch hinaus!
Fort! Sonſt vergeſſ' ich, daß Ihr Knechte ſeid,
Und die Verachtung, die bisher Euch ſchirmte,
Weicht meinem Groll.

Erſter Diener (ſtößt den zweiten an).

Sieh ihn an — wenn man nicht wüßte, daß er todt iſt —?

Zweiter Diener (leiſe).

Er ſieht ihm teufelsmäßig ähnlich —

Erſter Diener (laut).

Der Herr iſt wohl ſehr befreundet geworden mit Chriſtoph Marlow?

Marlow.

Wer nicht den Dichter seines Volkes liebt,
Der ist ein Thier —

Zweiter Diener.

Nun — nun — was wir gesagt haben — war's denn
gar so schlimm?

Marlow.

Geplärr von Narr'n — unwürdig meines Zorns;
Darum zum letzten Mal, hinaus mit Euch!

(Tritt ihnen drohend entgegen.)

Erster Diener (zum zweiten).

Er wirft uns aus unserm eigenen Hause.

Zweiter Diener (zum ersten).

Wenn das nicht Christoph Marlow selbst ist, muß es
ein naher Verwandter von ihm sein.

Erster Diener (zum zweiten).

Ja, so grob war nur der.

(Beide mit ängstlichen Blicken auf Marlow rechts ab, indem sie die Lichter mitnehmen.)

Marlow (allein).

Gerücht erschlägt mich — ihm zum Trotze leb' ich.
Blutsaugendes Gespenst, du bist zu schwach
Für Christoph Marlow; die Natur ist sparsam
Mit ihren großen Geistern und bewahrt sie,
Bis sie der Welt ihr letztes Wort verkündet.
Noch ist die Stunde fern, die mich hinwegruft,
Von ungebor'nen Thaten schwillt mein Herz.

6. Auftritt.

Margaret (kommt von rechts mit brennendem Licht.) **Marlow** (hat sich etwas
in den Hintergrund zurückgezogen).

Margaret (beschattet die Augen mit der Hand).

Seid Ihr der Fremde, der sich hier im Hause
Zu Gaste lud?

Marlow.

Der bin ich — Margaret.

Margaret (zuckt zuſammen).

Die Stimme! — — Woher kennt Ihr meinen Namen?
(Ergreift ein Licht, leuchtet nach ihm hin.)
Vom Bart beſchattet —

Marlow (lächelnd).

Und fünf Jahre älter.

Margaret (ſetzt das Licht fort, taumelt).

Chriſt — ew'ger Gott — die Todten ſtehen auf —
Marlow — biſt Du's?

Marlow.

Ich bin es, Margaret.
(Pauſe.)

Margaret.

Wo kommſt Du her?

Marlow.

Nicht aus dem Reich der Todten,
Doch aus dem Land der Halblebendigen:
Vom Krankenlager und aus Einſamkeit.

Margaret.

Du kämpfteſt auf der Flotte — ward'ſt verwundet —

Marlow (lächelnd).

Im Sturm auf Don Monkada's Galeaſſe;
Doch wie Du ſiehſt — ich lebe.

Margaret (unwillkürlich ſeufzend).

Ja, ich ſeh's.

Marlow
(zuckt auf, blickt ſie lauernd von der Seite an, dann mit verhaltener Stimme).

Was war das — Margaret?

24

Margaret.
Und was?

Marlow.
Es war mir,
Als seufztest Du, weil Du mich lebend siehst?

Margaret (qualvoll hervorstoßend, ohne ihn anzusehen).
Marlow — was willst Du hier?

Marlow (tritt zurück).
Fünf lange Jahre
War ich Euch fern — das Deine erste Frage —

Margaret (für sich).
Stähle mein Herz, o Gott, stähle mein Herz!
(Laut.)
Fünf Jahr' des Schweigens liegen zwischen Dir
Und diesem Haus und zwischen unsern Herzen;
Fünf solche Jahre thürmen eine Mauer —

Marlow. .
Gut — ich bin hier; die Mauer, die ich baute,
Brech' ich mit eig'ner Hand.

Margaret.
Du kannst es nicht!

Marlow.
Ja, sag' ich Dir, ich will's!

Margaret.
Ich sag' Dir nein!
Mißhandle Liebe, tritt sie in den Staub,
Sie weint, doch sie verzeiht und wird Dich lieben —
Doch Liebe, die fünf Jahr' vergessen ward,
Welkt hin und stirbt und steht nicht wieder auf.

Marlow (weicht zurück).
Grausame Weisheit — ja, in Deinem Herzen
Starb Christoph Marlow. —

25

Margaret (schlägt die Hände vor's Gesicht).

Jesus!

Marlow
(tritt zu ihr, legt die Hand auf ihre Schulter).

Margaret,
Warum verhärtest Du mir so Dein Herz?
Kennst Du die Krankheit nicht, die meine Seele
Als Morgengabe auf die Welt gebracht?
Die mich nicht duldet in der Menschen Frieden,
Die mir verwehrt, ein Haus mir zu erbau'n,
Weil ich die Geister nicht mehr hören würde,
Die aus den Lüften sprechen? Die mein Herz
Losreißt vom Menschen, den ich lieb gewonnen,
Weil es der Menschheit angehören soll?

Margaret.
Und die zum Tode jedes Herz verdammt,
Das sich Dir hingiebt!

Marlow.
Doch mein eig'nes auch.

Margaret.
Und jetzt — was kommst Du jetzt?

Marlow.
Nicht um zu betteln,
Du kaltes Herz! Sieh hier an meinem Leibe
Der spanischen Muskete rauhe Spur —
Der Tod hat meinen Lebensweg gekreuzt,
Und ich erfuhr das Sterben. — Magaret,
Sterben heißt Rechnung machen mit den Menschen,
Und in die letzte Stunde drängen sich
Jahre voll Haß und Liebe! Margaret,
In jener Stunde trat der Mann vor mich,
Der mich genährt, das Bildniß seines Kindes,
Das Deine, dieses Haus, dies Alles, Alles.
Dies Alles so in süßem Licht gebadet,
So fromm, so schön, wie eine beß're Welt!

26

Drei Monde lag ich auf dem Krankenlager,
Verlassen, hülflos, meiner Kraft beraubt;
An Euch zu denken, war der Labetrank,
Der mich gekühlt — da that den Schwur zu Gott ich,
Daß, wenn ich je vom Lager auferstände,
So wollt' ich geh'n zu Thomas Walsingham
Und vor ihm knieend wollt' ich sprechen: „Vater,
Als wilder Knabe einst verließ ich Dich,
Als Englands Dichter kehr' ich heute wieder,
Die Hand zu küssen, die mir Leben gab." —
Heut komm' ich her, um meinen Schwur zu lösen —

(Zärtlich.)

Wie — immer noch das Haupt mir abgewandt?
Kein Wort des Grußes Deinem Christoph Marlow?

Margaret (in schwerem Kampfe, für sich).

Schütz' mich vor seinen Augen!

(Zu ihm gewendet.)

Marlow! — Nein —
Nein, Unglückseliger, Du kommst zu spät!

Marlow.

Zu spät —? Erlosch sein Herz mir?

Margaret.

Es erlosch.

Marlow.

Und hier ist Keiner mehr, der meiner denkt?

Margaret.

Du — sagst es — Niemand.

Marlow.

Margaret, Du lügst!

(Erhebt das Buch, das er in Händen hat.)

Wer las in Christoph Marlow's Versen hier,
Jetzt, eh' ich kam?

Margaret (für sich).

Christ — ew'ger Gott — das Buch!

27

Marlow.

War's Thomas Walſingham?

Margaret.
Nein.

Marlow.
Laſeſt Du?

Margaret.

Nein — nein —

Marlow.
Wer bleibt noch übrig?

Margaret.
Frage nicht!

Du ſollſt es nicht!

Marlow.
So war es — Leonore —?!
(Pauſe.)

Margaret (zu ihm gewandt).
Willſt Du mich ruhig hören, Chriſtoph Marlow?

Marlow.
Ich höre Dich.

Margaret (faltet gegen ihn die Hände).
Geh — und verlaß dies Haus.
(Pauſe.)
Verlangſt Du, daß ich knieen ſoll — ich thu's —
Verlaß dies Haus!
(Sie macht Miene, niederzuknien, Marlow verhindert es.)

Marlow.
Um Deinem Haß zu weichen?

Margaret.
Aus Dankbarkeit für Thomas Walſingham. —

Marlow.

Aus — Dankbarkeit —?

Margaret.

Mit seines Herzens Fülle
Hat er wie ein Verschwender Dich beschenkt.
Die Hälfte seines Herzens nahmst Du mit Dir.
Mach ihn zum Bettler nicht, laß ihm die andre,
Sie nennt sich Leonore!

Marlow.

Leonore?

Sprich deutlich!

Margaret.

Hör' mich deutlich und versteh':
Sie ist verlobt!

Marlow.

Und deshalb soll ich geh'n?

Margaret.

Ja, wenn es wahr ist, daß Du ihn noch liebst —
Dann mußt Du geh'n — laß mich nichts weiter sagen!

Marlow (nach einigem Nachdenken).

Wer ist der Mann, mit dem man sie verlobte?

Margaret.

Du kennst ihn — Francis Archer.

Marlow.

Francis Archer —
(Wirft höhnisch lächelnd das Buch auf den Tisch.)
Ah — nun versteh' ich Dich.

Margaret (ihm näher tretend).

Was lächelst Du?
Was überhebt sich Deine stolze Seele?

✦ Christoph Marlow. ✦

Marlow (wie vorher).

Ich überschlug im Geist sein Inventar —
Dreitausend Morgen Acker, wenn mir recht ist?
Landwirth von Ruf — die Heerden, die er züchtet,
Geh'n über's Meer — bis Deutschland.

Margaret.

Ja, ja, ja!

Das alles ist er, doch daneben eins:
Ein Schutz und Schirm dem Weibe, das er liebt!
All' das besitzt er, doch daneben eins:
Ein Herz, das lieben kann und Treue halten!
Wehe dem Weib, das auf des Mannes Geist
Sein Leben baut und nicht auf Mannes Herz!

Marlow.

Hab' ich kein Herz? Kann dieses Herz nicht lieben?
Nicht Lieb' erwiedern?

Margaret.

Rausch ist Deine Liebe,

Ein brennend Feuer, doch kein wärmendes!
Marlow, Du hast den Muth der großen Geister,
Die wahr sind mit sich selbst — kannst Du ein Weib
Ein Leben lang an Deinem Herzen halten?
Ein Leben lang beglücken?

Marlow.

Sprich nicht weiter!

Margaret.

Wird nicht die Stunde kommen, da Dein Herz,
Dein nimmersattes, andre Nahrung sucht?
Und da das Weib, daß sich Dir hingegeben
Vor Deinem ausgebrannten Herzen steht,
Wie vor der Thür des Bettlers?

Marlow.

Sprich nicht weiter!

Schlag' Deine Krallen nicht in meine Seele.

30

Margaret.

Sieh Deiner Seele in die Augen, Marlow!
Hier steh' ich, straf' mich, wenn ich falsch verklagt!

Marlow.

(sinkt auf den Stuhl, breitet die Arme über den Tisch, sein Haupt sinkt auf die Arme).

Weil Du die Wahrheit sagtest — hass' ich Dich!

(Pause.)

Marlow (richtet sein Haupt auf).

Nun ehrlich Du! Liebt Thomas Walsingham
Diesen — von dem Du sagtest — Francis Archer?

Margaret.

Wie seinen Sohn.

Marlow.

Aus Herzens freiem Willen
Verlobt' er ihm sein Kind?

Margaret.

Auf diesem Bunde
Ruht seines Lebens letzte Seligkeit.

Marlow (erhebt sich).

Du gabst mir Leben, Thomas Walsingham,
Nimm es zum Opfer heut von mir zurück,
Und Christoph Marlow sei für dich gestorben —

(Er ergreift den Hut, wendet sich zum Abgehen nach der Mitte.)

Margaret.

Du — bleibst zur Nacht — in Cambridge?

Marlow.

Nein.

Margaret.

Du gehst
Nach London?

Marlow.

Ja.

Margaret.
Noch heut?

Marlow.
In dieſer Nacht.

Margaret.
Den weiten — finſt'ren Weg —?

Marlow.
Der Wirth zur Krone
Vermiethet Pferde.

Margaret.
Wegelagernd Volk
Füllt rings das Land.

Marlow.
Was kümmerts Dich und mich?
Weißt Du denn nicht, daß Chriſtoph Marlow todt iſt?

Margaret.
Marlow — das mir? (Sie fällt ihm um den Hals.)

Marlow (macht ſich von ihr los).
Ah — fort!

Margaret (bricht in Thränen aus).
O Heiland — Jeſus
Geh' nicht mit ſolchem düſt'ren Blick von mir!
Haſt Du vergeſſen, wie Du mir im Schooße
Vor Zeit geſpielt? Vergeſſen dieſe Hand,
Die kühlend ſich auf Deine Stirn gelegt,
Wenn Fieber Dich ergriff? Von all' den Worten,
Die Du mir koſend einſt zum Ohr geliſpelt
Soll dies das letzte ſein?

Marlow.
Nicht dieſe Thränen!
Du haſt das Amt des Richters übernommen,
Der Richter weint nicht.

Margaret.
                Marlow — Christoph Marlow,
Du bist ein Dichter — Dichter=Augen blicken
In das Verborg'ne, sieh' in dieses Herz,
Das sich bei jedem harten Wort gewendet,
Das ich Dir sprach!

Marlow.
                Was hemmst Du meine Schritte
Und machst Dein eig'nes Rettungswerk zunicht'?
                (Lauscht nach links.)
Ich hör' sie kommen und es ist zu spät
Zur Flucht.

Margaret.
        Es — ist zu spät.

Marlow.
                Ha — wie der Schreck
Das Mitleid wieder ihr vom Antlitz wischt!

7. Auftritt.

Die beiden Diener (kommen mit Kandelabern von links und bleiben, die Nachfolgenden erwartend, an der offenen Thür stehen).

        Marlow (hastig und leise flüsternd zu Margaret).
Kleidung und Bart macht mich unkenntlich, wie?

        Margaret (ebenso zu ihm).
Unkenntlich.

        Marlow (ebenso).
        Hör' denn, Marlow ist gefallen,
Ich war Kamerad mit ihm auf gleichem Schiffe —
Verstehst Du?

        Margaret (drückt seine Hand).
        Ich versteh' und segne Dich.

8. Auftritt.

Thomas Walſingham. Leonore. Francis Archer (kommen von links zu den Vorigen. Marlow zieht ſich in den Hintergrund zurück. Margaret ſteht vorn rechts).

Walſingham.

Zu Tiſche. — Wie ich höre, hat das Schickſal
Uns einen Gaſt beſcheert. Wo iſt der Mann?

Margaret (tritt zu Walſingham, deutet auf Marlow, leiſe).

Dort, gnäb'ger Herr — er war mit Chriſtoph·Marlow
Auf gleichem Schiffe

Walſingham.
Du haſt mit ihm geſprochen?

Margaret (leiſe).

Ja — und noch eins: er hat in ſeiner Stimme
Seltſame Aehnlichkeit mit Chriſtoph Marlow.
(Walſingham macht eine Bewegung.)
Ich ſag' es Euch, damit Ihr nicht erſchreckt,
Wie ich vorhin erſchrak.

Walſingham (zu Marlow).
Nun, tretet näher,
Nehmt Platz an meinem Tiſche.

Marlow (kommt nach vorn).
Ihr — ſeid gütig.

Walſingham (fährt auf).

Beim Himmel — Margaret? —

Margaret (leiſe).
Ich ſagt' es Euch.

(Walſingham, den Blick nicht von Marlow laſſend, Leonore, Francis Archer, Margaret ſetzen ſich zu Tiſch. Die Tafel, ein rechteckiger Tiſch, mit der Breitſeite gegen das Publikum, iſt ſo eingerichtet, daß Walſingham in der Mitte derſelben, mit dem Geſicht nach dem Publikum, ſitzt, links von ihm Leonore, rechts von ihm Francis Archer, an der Schmalſeite rechts Margaret.)

Walſingham
(deutet auf den Platz an der Schmalſeite links von ihm).

Hier — ſetzt Euch.

Marlow
(ſetzt ſich, indem er den Blicken Walſinghams ausweicht).

Ihr erſchrakt bei meiner Stimme,
Sie mahnte Euch an Einen, den Ihr kanntet?

Walſingham.
Ja — wunderbar — fürwahr —

Marlow.
Ich weiß es wol,
Man hat mir oft geſagt, daß ich ihm gliche.

Walſingham.
Was wißt Ihr und wen glaubt Ihr, daß ich meine?

Marlow.
Ihn, der mich zu Euch ſendet, Chriſtoph Marlow.

Leonore.
Er ſendet Euch? So lebt er?

Marlow
(zuckt zuſammen, wendet ſich zu ihr, ſein Blick bleibt an ihr hängen).

Er iſt todt —
(Zu Walſingham.)
Er ſprach mir oft, was Ihr an ihm gethan,
Und dieſen Auftrag hat er mir gegeben:
(Sieht ihn groß an.)
Sag' ihm, daß Chriſtoph Marlow dankbar war.

Walſingham.
Nicht ſeinen Auftrag nur, auch ſeine Stimme
Und ſeine Augen hat er Euch gegeben!
Ich glaube nicht an Geiſter und Geſpenſter —
Wer — ſeid Ihr, Mann?

Marlow (wendet ſich ab).
Ich — war ſein Schiffsgenoß.

Walſingham.
Und er iſt todt? Ihr wart dabei? Ihr ſaht's?

Marlow.

Im Sturm auf Don Monkada's Galeasse —

Walfingham.

Ja — also sagte man.

Marlow.

Man sagte recht.

(Pause.)

Leonore.

Wollt Ihr nicht trinken? Kommt — ich schenke ein.

(Füllt ihm das Glas.)

Marlow (sieht sie von der Seite an, für sich).

Holdsel'ge Stimme, süße Träumerei
In diesem Blick.

Leonore.

Ihr war't sein Schiffsgenosse?
War't Ihr sein Freund auch?

Marlow.

Nehmt es für gewiß:
Es stand ihm Niemand näher auf der Erde.

Francis.

Und weshalb nahm er Dienste auf der Flotte?

Marlow (höhnisch, wild).

Weil er ein Träumer war!

Francis.

Wie meint Ihr das?

Marlow.

Von einem Weibe träumte er ein Mal,
Das er an einen Brandpfahl sah gekettet;
Ihr holdes Auge, todesangstumwölkt,
Sah in die Gluth, die span'sche Pfaffen schürten,
Ihr Mund erbebte; er verstand ihr Wort,
Denn dieses Weib war England, seine Mutter!

36

Da dünkt' es ihm so wunderbar und schön,
Mit diesem Weibe Herz an Herz zu sterben —
Ja — seht Ihr wohl, er liebte stets die Frauen
Und war ein Narr.

Leonore (auffahrend).

Sprecht nicht von Englands Dichter

In solchem Ton.

Marlow
(zu ihr gewandt, mit heißer, unterdrückter Stimme).

O herrliches Geschöpf,

Denkt Ihr so groß von ihm?

Leonore.

Hat er Euch selber

Den Traum erzählt?

Marlow.

In meine Seele goß er

All' seine Phantasieen — holdes Fräulein,
Sagt, liebt Ihr seine Verse?

Leonore (leise, angstvoll).

O mein Gott —

Marlow (halblaut zu ihr).

Seht, dies mein Herz ist wie ein schäumend Meer
Erfüllt von seinen Versen.

Francis.

Also war er

Euch sehr vertraut?

Marlow (wie oben).

Ja — seht, so sind die Dichter.

Vernünft'ge Leute suchen Geld und Mastung,
Der Dichter Menschen! Menschen! Weiter nichts.
(Lacht höhnisch).

Francis.

Was lacht Ihr? Was ereifert Ihr Euch so?

37

❖ Christoph Marlow. ❖

Marlow.

Und wenn er unter all' den Larven endlich
Ein Menschenantlitz fand —

(sein Blick schweift zu Leonore hinüber, Leonore sitzt todtenbleich, ihn mit großen Augen anstarrend)

und wenn sein Herz
Dem Strahle lang ersehnter Augen endlich
Sich brünstig öffnet —

Margaret (rasch einfallend).

Allen diesen Leiden
Ward er enthoben nun durch seinen Tod?!

Marlow (besinnt sich, starrt sie an).

Sehr richtig. —

Walsingham.

Werdet ruhig und erzählt
Von seinem Tod.

Marlow.

Die Nacht war' ohne Sterne
Als auf des Meeres dunklen Wellen sich
Gleich einem Schwarm von mitternächt'gen Vögeln
Lautlos die Schiffe der Armada wiegten. —
Schlaf rings umher — Natur verhielt den Athem,
Da hob ein leiser Hauch sich aus Nordwest,
Den Unsren günstig; zehn von unsren Schiffen,
Den Schnabel tief einbohrend in die Fluth,
Glitten den Spanier, wie Vampyre, an,
Mit Eisenhaken bissen sie sich fest
An seiner Brust, und plötzlich wandelten
Sich alle zehn in eine einz'ge Flamme —
Es waren Brander. — Ein Geheul erhob sich,
Ein wüstes Wirrsal auf den span'schen Schiffen.
Und als der Tag, vom rauhen Lärm erweckt,
Die schreckensbleichen Wangen hob im Ost,
Da, wie ein Adler mit gespreizten Schwingen,
Die Wimpel Englands flatternd hoch am Mast,
Brach unsre Flotte mitten in sie ein!

(Er erhebt sich.)

Gleich einem Thurm, aufragend über Alle,
Stand des Geſchwaderführers mächtig Schiff,
Don Hugo de Monkada's Galeaſſe.
Wir gingen krachend Bord an Bord mit ihm,
Musketendonner brüllte uns entgegen,
Doch wilder als die wilde Hölle ſelbſt,
Stiegen wir enternd auf das Schiff des Spaniers.

Leonore

(die ſich ſtarr und langſam während der letzten Worte erhoben hat).

Und da — da fiel er?

Marlow.

Der Musketen eine
Traf ihn und warf ihn rücklings über Bord.

Leonore.

Und ſo ertrank er?

Marlow (einzig zu Leonore ſprechend wie verzückt).

Höret, was geſchah:
Der dunkle Schooß der Tiefe ging ihm auf,
Er ſank, und ſank — hoch über ſeinem Haupte,
Wie einer Abendglocke fernes Läuten,
Verhallte Wellenſturm und Menſchenwuth.
Da ward es wunderſtille um ihn her
Und wunderſtille ward's in ſeinem Buſen —
Und plötzlich — ſeht — tief drunten aus der Nacht
Quoll ſüßes Licht und wonnevoller Duft,
Und eine Wieſe, ſtrahlend wie Smaragd,
Lag aufgethan, von Bäumen rings umſchattet —

Francis.

Was fabelt Ihr?

Leonore (zu Francis).

Was hinderſt Du den Dichter?

(Zu Marlow wild erregt.)

Sprecht weiter, weiter!

Marlow.

Und auf diefer Wiefe
Da wandelten, wie Götter anzufchau'n,
Homeros und die großen Dichter alle,
Die je der Menfchheit trunknes Ohr entzückt.
Und als zu ihnen Chriftoph Marlow trat,
Da bebte das Elyfifche Gefilde,
Da wandten fich die heil'gen Häupter alle,
Da ftreckten alle Arme fich nach mir —

Leonore (ergreift mit beiden Händen feine Hand).

Ihr felber feid der Mann, von dem Ihr redet,
Ihr felbft feid Chriftoph Marlow!!

Marlow (wirft trunken den Arm um fie).

Schwur des Schwurs!
Ja, ich bin Chriftoph Marlow, Englands Dichter!
(Walfingham ift im Seffel zufammengefunken, Francis ift aufgefprungen, Margaret
verhüllt fich das Geficht.)

Vorhang fällt.

Ende des erften Aktes.

———

Zweiter Akt.

(Leonorens Zimmer. Thür in der Mitte; Balkonthür rechts, Thür links. Ein Ruhebett links. Ein Tisch in der Mitte mit Stühlen; auf dem Tische brennende Lichter. Nacht.)

1. Auftritt.

Walsingham (sitzt düster vor sich niederblickend auf dem Ruhebette). **Leonore** (liegt zu seinen Füßen, ihr Haupt in seinem Schooße).

Leonore.

Was that ich Dir, daß Du so finster blickst?
Bist Du nicht mehr mein gütereicher Vater?

Walsingham.

Was thatest Du, daß Du so ängstlich fragst?
Bist Du noch meine unschuldsvolle Tochter?

Leonore.

Gott helfe mir, ich hoffe so.

Walsingham.
                    Du hoffst?
Du weißt nicht, ob Du's bist?

Leonore.
                    Heiß' mich nicht reden!
Schweigen ist Schlaf — und Schlaf ist Seelenbalsam.
Sei mein Berather, nicht mein Peiniger,
Blick' in dies aufgewühlte Herz hernieder,
Lies schweigend seine Qualen.

(Verbirgt ihr Gesicht in seinem Schooße.)

41

Walsingham.

Soll ich lesen
In Deiner Brust? Und Du verbirgst Dein Antlitz?
Darf ich nicht mehr in Deine Augen schau'n?
Wohnt ein verbot'nes Bild in ihren Tiefen,
Das ich nicht sehen soll?

Leonore.

O, wenn's so ist,
Erweck' es nicht!

Walsingham.

Gehorsam that'st Du ab;
Was lasest Du im Buch, das ich verboten?

Leonore.

O — laß das Buch!

Walsingham.

In seinen Armen lagst Du,
Du drücktest seine Hand mit Deinen Händen,
An seinen Lippen flammend hing Dein Blick —

Leonore.

Erinn're mich an seine Lippen nicht!
An seine Worte nicht! O Vater, Vater,
Sprach je ein Mund wie dieser?

Walsingham.

Und der And're?

Leonore (wendet das Haupt ab).

Der — Andere —

Walsingham.

In Deine Seele griff
Treulosigkeit und löschte seine Züge
In Deinem Herzen aus!

Leonore.

O — wehe mir!

42

Walsingham.

Was schauderst Du, wenn Du an ihn gedenkst?
Ist's die Erinnerung der bitteren Kränkung,
Die dem getreusten Herzen Du gethan?
Oder — was geht in Deiner Seele vor?

Leonore.

Ach — es ist dunkle Nacht in meiner Seele,
Und Deine Fragen, wie zu grelles Licht,
Zerreißen sie!

2. Auftritt.

Margaret (durch die Mitte zu den Vorigen).

Margaret
Verzeiht mir, wenn ich störe.
(Zu Walsingham).

Die Diener sind zurück.

Walsingham
(erhebt sich, Leonore desgleichen; während Walsingham zu Margaret tritt, setzt Leonore sich auf das Ruhebett.)
Was bringen sie?

Margaret.
Bestät'gung alles deß, was wir vermuthet;
Er ist hinweg.

Walsingham.
Geh — ruf' sie mir herein.
(Margaret öffnet die Mittelthür.)

3. Auftritt.

Die beiden Diener (durch die Mitte).

Walsingham.
Ihr waret in der Stadt?

43

Erſter Diener.

Gnädiger Herr, es iſt genau ſo, wie wir geſagt haben. Er iſt fort! Er iſt weg!

Zweiter Diener.

Fort bei Nacht und Nebel!

Margaret (iſt zu Leonore getreten).

Weißt Du, von wem ſie ſprechen?

Leonore.

Ja — mir ahnt's.

Erſter Diener.

Bitte um Vergebung, gnädiger Herr, aber ich verſtehe mich von früher her auf ſein Geſicht; wie er heute Abend beim Abendeſſen die tolle Geſchichte erzählte und wie er nachher aufſprang und — und das gnädige Fräulein —

Walſingham.

Bleib' bei der Sache.

Erſter Diener.

Ich — ich meine nur — da ſah ich's ihm gleich an den Augen an, daß er was Tolles im Schilde führte.

Zweiter Diener.

Und wie er darauf nach dem Hut griff und hinauslief in den Garten, wie ein Beſeſſener, da gingen wir ihm nach und ich ſagte zu John: Paß auf, John, ſagt' ich, der hat was vor — hab' ich das geſagt, John?

Erſter Diener.

Das hat er geſagt, gnädiger Herr, und alsdann haben wir ihn geſeh'n, wie er durch's Gitterthor hinausgegangen und die Straße links hinunter gegangen iſt —

Zweiter Diener.

Und da habe ich zu John geſagt: John, ſage ich, er geht nach dem Wirthshaus zur Krone —

44

Walsingham.

Wart Ihr da?

Erster Diener.

Um Vergebung, ja, wir sind dagewesen; und wie wir hingekommen sind, da ist er gerade den Augenblick vorher fortgeritten gewesen.

Walsingham.

Fortgeritten?

Zweiter Diener.

Fortgeritten, gnädiger Herr; der Wirth zur Krone hat ihn abreiten sehen, auf der Straße nach London.

Erster Diener.

Aber wenn er nicht einen Schutzengel zur Seite hat, mit Armen wie Dreschflegel, dann soll mich's wundern, ob er lebendig nach London kommt.

Leonore (fährt auf).

Was sagst Du, Mensch?

Erster Diener.

Bitte um Vergebung, Fräulein, aber die Landstraßen sind voll nichtsnutzigen Gesindels.

Leonore.

Schick' diese Leute fort, mein Vater!

Walsingham (winkt den Dienern).

Geht!

(Beide Diener ab durch die Mitte.)

Leonore

(sinkt plötzlich am Ruhebette nieder, bricht in leidenschaftliche Thränen aus).

Weh ihm und mir!

Walsingham (tritt zu ihr).

Was thust Du mir, mein Kind?

45

Leonore (faſſungslos).

Um meinetwillen ſtießt Ihr ihn hinaus!
Weil mich ſein Wort entzückte, mußt' er flieh'n!
Weil ſeiner großen Seele tiefer Strom
Mein Herz berauſchte, muß ſein Herz verbluten
Auf öder Haide! O, der Erdenfleck,
Der dieſes Herzens heißen Quell getrunken,
In Blumen wird er ſprießen!

Walſingham.

Kind, mein Kind!
(Sinkt ſchwer auf den Seſſel nieder.)

Margaret (zu Leonore).

Du Raſende! Du tödteſt Deinen Vater!
Blick' hin!

Leonore
(wendet das Haupt zu ihm, ſpringt auf, eilt zu ihm, kniet nieder, umſchlingt ihn mit
den Armen).

Mein Vater! Welch ein bittres Leid!

Walſingham.

Ja bittrer, als Du ahneſt, iſt das Leiden,
Das Du mir thuſt. Verſtoßen hätt' ich ihn
Aus meinem Hauſe? Chriſtoph Marlow — ich?
Zum Tode ihn gejagt? Wer ſagt mir das?
Wer läſtert und verleumdet ſo mein Herz?
Ich bin ein alter Mann und für das Alter
Giebt's keine Zukunft, nur Vergangenheit —
Für dieſe hier durchbrach ich das Geſetz,
Und baute Pläne von beglückter Zukunft
Dem dankvergeſſ'nen Kinde.

Leonore.

Nein, o nein,
Nicht dankvergeſſen! Sag' mir, was Du forderſt,
Ich will's erfüllen.

Walſingham.
Glücklich ſollſt Du ſein.

Leonore.

Gut — sag' mir, wie?

Walsingham.

Vom Träumen sollst Du lassen!

Leonore.

Doch wenn es mehr als Traum ist?

Walsingham.

Träume sind es,
Ich weiß es, denn Du erbtest sie von mir.
Ich träumte auch, wie Falter um das Licht,
So kreiste all' mein Denken nur um ihn.
Und jetzt kommst Du, Du junger Schmetterling,
Und flatterst taumelnd um dieselbe Flamme?
Mädchen, ich sage Dir, das Feuer brennt!
Brennt und verbrennt! Noch aber bin ich da,
Ich halte Dich an Deinen trunknen Flügeln,
Du sollst nicht sterben!

(Drückt sie an seine Brust.)

Kind, ich gab Dir Leben,
Mein Recht ist heilig; Kind, laß mir das Recht,
Dein Leben zu erhalten; ich bin alt,
Erfahrung ist das theuerste Vermächtniß
Des Vaters an sein Kind — trau' meinen Worten.

Margaret (zu Leonore).

Wenn Du noch Kindesliebe fühlen kannst,
So hör' auf ihn und folge seinen Worten!

Leonore (steht auf, streckt beide Hände von sich).

Hier bin ich, thut mit mir nach Eurem Willen! —

4. Auftritt.

Francis Archer (ist während der letzten Worte durch die Mitte eingetreten).

Francis.

Dein Wille soll entscheiden, Leonore —
(Tritt ihr näher, blickt sie mit tiefer, kummervoller Liebe an.)
Als meine Seele sich zum ersten Mal

Mit ſcheuem Blick in Deine Seele wagte,
Da ſucht' ich bangend nach der Gegengabe,
Die ich Dir brächte — und ich fand nur Eins:
Liebe — — nichts mehr — wer wahrhaft liebt, der weiß
Daß es nicht groß' und kleine Liebe giebt,
Sie trägt kein Maß — ſie iſt und ſie iſt nicht. —
Doch Liebe war — und iſt — und ſie wird ſein
In dieſem Herzen, ewig! Leonore —
Sieh, ich vergröß're nicht — dieſes iſt Alles,
Was ich Dir bringe. — Iſt es Dir zu wenig?
So ſag's — und Du biſt frei — doch — wär' es möglich —
Daß Dir's genügen könnte — (Bricht ab.)

Leonore (ſchlägt die Hände vor das Geſicht).
Francis!

Francis.
O!!
(Umfängt ſie mit ſeinen Armen.)

Leonore (ſchluchzend).
Ach Du — der Menſchen beſter —

Francis.
Nein, o nein,
Der Menſchen glücklichſter, wenn Du mich liebſt!

Leonore (faßt ihn an der Hand).
Komm, laß uns denken, hier ſei Gottes Haus
Und laß uns knie'n vor dieſem weiſen Haupte.
(Sie ſinkt mit Francis vor Thomas Walſingham in die Kniee.)

Walſingham.
Du nennſt mich weiſe?

Leonore.
Ja — denn ich begreife,
Warum Du dieſen liebſt.

Walſingham
(nimmt ihren Kopf zwiſchen beide Hände und legt ihn an Francis' Bruſt).
O, wenn Du's fühlſt,
Dann laß dies kleine, unruhvolle Haupt
Mich betten hier an dieſem großen Herzen. —

Sieh — es ist stark und sanft in seiner Stärke,
Fühlst Du Dich wohl an diesem Herzen?

Leonore (mit geschlossenen Augen nickend).

Wohl.

Walsingham (starrt sie an, dann fährt er auf).

O Margaret!

Margaret.

Was ist, mein theurer Herr?

Walsingham (zeigt auf Leonore, leise).

Wie bleich sie ist?

Margaret (ebenso).

Nicht bleicher wol als sonst.

Walsingham (tief verstört).

Dann ist's ein mahnend Zeichen für mich selbst;
Mir war's — als säh' ich sie zum letzten Mal.

Francis.

Was ängstigt Euch, geliebter Vater?

Walsingham.

Francis!

So viel vertrau' ich Dir, bewahr' es gut!

Francis (legt den Arm um sie).

Sie hat sich meinem Schutze anvertraut,
So halt' ich sie und also schwöre ich:
Wie Ihr mich jeden Tag und jede Stunde
Bereitet seht, für sie in Tod zu geh'n,
So will ich mein Beschirmerrecht gebrauchen
Und ihre Ehre will ich und ihr Leben
Vertheid'gen, sei es gegen wen es sei!

Leonore.

Sprich nicht so blutig, niemand greift mich an.

Francis.

Doch — wer es thäte —

49   4

Leonore.
Niemand thut es!

Walſingham.

Still,

Still, ſüßes Kind, und ruhig, lieber Sohn.
Mein Leben geht auf der abſchüſſ'gen Eb'ne
Dem Winter zu; Ihr meine Frühlingsblumen,
Vereinigt Euch zum Strauße, thut es bald,
Ich hab' nicht Zeit zum Warten, thut es morgen,
Kommt, wollt Ihr morgen vor dem Altar ſteh'n?

Francis.
Mit Freuden, Vater.

Walſingham.
Und was ſagt mein Kind?

Leonore.
Morgen.

Walſingham (erhebt ſich).
So ſei es denn — und nun zur Ruhe.
Marg'ret, bring' mir mein Vögelchen zu Neſt.
Süß ſoll es ſchlafen — wirſt Du ſchlafen, Kind?
O ja, nicht wahr, Du wirſt? Du weißt es ja,
Daß Du dem alten Manne Freude machſt?

Leonore (fällt ihm um den Hals).
Ach, Du mein lieber Vater —

Walſingham.
Leonore!
Sieh, Francis — dieſes tolle — kleine Ding! —
Wirſt manche Noth mit dieſem Krauskopf haben —
Doch lieben muß man ſie — — o Gott des Himmels,
Segne mein Kind!
(Küßt ſie.)
Zur Ruh' — ſchlaf ſüß, ſchlaf ſüß!

Francis (reicht ihr die Hand).
Auf morgen denn, Geliebte?

50

Leonore.

Morgen — morgen.

(Walsingham, von Francis gestützt, durch die Mitte ab.)

Margaret (tritt an die Thür links).

So komm zu Bett.

Leonore.

Ich finde mich dahin —

Sorg' nicht um mich.

Margaret.

Du willst noch nicht zur Ruhe?

Leonore.

Mir ist so schwül und dumpf — ich wachte gern
Ein wenig noch.

Margaret (geht zu ihr, umarmt sie).

So will ich Dich nicht quälen,
Und gute Nacht. — Den friedevollsten Traum,
Den Gott für seine Lieblinge besitzt,
Er sende ihn herab auf Deine Augen,
Denn Du hast heut nach seinem Wort gethan.

(Ab durch die Mitte.)

Leonore (setzt sich an den Tisch).

Zum Tode müde — lasten mir die Glieder,
Und dennoch graut es mir vor Bett und Schlaf. —

(Sie sitzt vor sich hinbrütend, dann erhebt sie sich, geht rechts an die Balkonthür, öffnet
sie und blickt hinaus. Durch die geöffnete Thür sieht man in den mondscheinerleuchte-
ten Garten.)

Traumsüße Nacht — Ernährerin der Wesen,
Erschließe deinen weisheitsvollen Mund
Und lispel Frieden in dies heiße Herz. —
Brauch' ich denn Frieden noch? Ich bin ja glücklich?
Erfahr'ne Leute haben mir versichert,
Daß ich es sei — o wehe um ein Glück,
Das des Beweises braucht. —

(Sie beugt sich spähend hinaus.)

Was — seh' ich dort?

Ist dies ein Gaukelspiel der eig'nen Sinne? —

Mir däucht — am Gartengitter — steht ein Mann,
Der unverwandt zu mir herüberblickt? —
Jetzt regt es sich — das Antlitz — die Gestalt —

(Sie flüchtet in die Bühne zurück.)

Bewahr' mich vor mir selber, gnäd'ger Gott!
Ich weiß — es ist nicht wirklich, was ich sah,
Und dennoch sah ich ihn!

(Sie sinkt am Ruhebette nieder, den Rücken gegen die Balkonthür.)

Reiß' dieses Bild
Aus meiner Brust! Deck' Deine Hand darüber,
Schick' meines Vaters Bild zu Hülfe mir!

(Sie verbirgt schaudernd das Gesicht in den Kissen.)

5. Auftritt.

Marlow (erscheint in der Balkonthür).

Marlow.

O Du, mit Himmelsschönheit angethan,
Erwählte meines Geistes, Leonore —

Leonore.

So war's kein Traum! Geh — aus Barmherzigkeit!

(Streckt abwehrend, ohne sich nach ihm umzuwenden, die Hand gegen ihn aus.)

Marlow.

Dein Angesicht zu schauen, kehrt' ich wieder —
Und Du verbirgst Dein Angesicht vor mir —?
Der Lippen süß geheimnißvollen Klang
Noch ein Mal zu vernehmen, kehrt' ich wieder,
Und diese Lippen haben nichts als „geh"?

Leonore.

Verlaß' mich, ach, verlaß' mich.

Marlow (tritt einen Schritt näher).
Leonore,
Du riefst nach mir, was heißest Du mich geh'n?

Leonore.

Ich — rief — nach Dir?

52

Marlow (noch näher tretend).

Blick' Auge mir in Auge —
Du hast in dieser Stunde mein gedacht.

Leonore (wendet sich zu ihm).

Woher — errieth'st Du das?

Marlow.

Weil ich Dich sah,
Weil ich Dich hörte, fühlte, Dich besaß!
Weil Deine Seele, wie ein Frühlingssturm
Den öden Raum bewält'gend, der uns trennte,
Mir nachgeflogen kam; um meinen Nacken
Fühlt' ich die süß umschlingende Gewalt
Der weichen Arme — Phantasieen nicht,
Ich spreche Wirklichkeit — wie ich Dich sehe,
So deutlich sah ich Dich, so warst Du bei mir;
Brust heiß an Brust, ich trank den Duft der Locken,
An meinem Ohre bebend lag Dein Mund,
Und „kehre wieder" sprachst Du, „kehre wieder".

Leonore.

Erbarm' Dich meiner, wecke mir die Seele
Zum Wahnsinn nicht durch Deine wilden Träume!

Marlow.

„Kehr' wieder" sagtest Du, der Schrei der Noth
Rang taumelnd sich von Deinen bangen Lippen
Und flüchtete in Christoph Marlow's Herz.
Und dieses Herz, nachzitternd wie die Glocke
Vom Schlag des Hammers, tönt den Laut zurück!
O Leonore, Deine Worte athmen
Von meinen Lippen! Deine Seele strömt
Von mir zu Dir zurück! (Wirft sich vor ihr nieder.)

Leonore.

Nicht mehr die meine!
Sie ward in Deiner heißen Brust verwandelt,
Daß ich sie nicht mehr kenne!

53

Marlow (faßt ihre Hände).

                    Nein, o nein!
So rein, ſo keuſch, wie ich ſie heut empfangen,
Leg' ich in Deine Hände ſie zurück.   (Küßt ihre Hände.)

Leonore (entreißt ihm ihre Hände).

Laß Deine Hände von mir, Deine Lippen!
Ihr Kuß entweiht mich!

Marlow.
Leonore?!

Leonore (ſchlägt die Hände vor's Geſicht).

                    O!

Marlow (erhebt ſich, tritt von ihr zurück. Pauſe).

Marlow.
Was quälſt Du Dich? Aus Deiner Nähe ſelber
Verbann' ich mich, aus der Du mich vertreibſt. —
Ich kam nicht her, den Frieden Dir zu ſtören
Und nicht verweilen will ich — ein Mal nur
Dich noch zu ſehen, kam ich her — ich gehe —
Und wenn ich gehe, wird's für ewig ſein. —
Zum Abſchied denn, zum letzten, Leonore,
Wende die Augen auf mich, ſieh mich an.
        (Leonore läßt die Hände ſinken, richtet den Blick auf ihn.)

Marlow (zuckt zuſammen).

Das iſt der Blick! — Die Augen — dieſe Augen —
Hier — hier iſt Heimath — Leben, Licht und Frieden —
Und draußen öde, heimathloſe Nacht!
        (Wirft ſich vor Leonore nieder, birgt ſein Haupt in ihrem Schooße).

Leonore (legt die Hand auf ſein Haupt).

Einſamer Mann —

Marlow.
            O Du zu ſpät Gefund'ne!
Zu ſpät gefunden, heißt zwiefach verloren!

Dich zu verlassen, warf ich mich auf's Roß,
Dich zu vergessen, floh ich in die Nacht;
Gieb mir Vergessenheit, so will ich geh'n,
Lösch' Deine Augen aus in meinem Herzen,
Sonst laß mich sterben! (Umschlingt sie wild.)

Leonore.
Marlow, sei barmherzig!

Marlow.
O sei es Du! Mir graut vor meinem Leben,
In Einsamkeit starr' ich zu todtem Eis!
Mein Schatten ist mein einziger Begleiter,
Kein Wesen sonst!

Leonore.
Gedenk', in dieser Stunde
Allein mit Dir!

Marlow.
Gedenke, wie Du lasest
In meinen Versen, heut, bevor ich kam;
In jener Stunde waren wir beisammen
Und unsrer Beider Seelen küßten sich
Wie jetzt ich Deine süßen Lippen. (Küßt sie.)

Leonore (springt auf.)
Weh!
Mit diesem selben Munde soll ich morgen
Vor Gottes Thron das heil'ge Ja=Wort sprechen!

Marlow (steht auf).
Was sagst Du? Morgen? Francis Archers Gattin
Sollst Du schon morgen sein?

Leonore.
Du hast's gehört.

Marlow (schlägt sich vor die Stirn).
O Tod und ew'ge Nacht!

Leonore.

Du siehst nun selber,
Wir müssen scheiden, Marlow; geh' hinweg,
O geh', ich flehe!

Marlow.

Nur dies Eine noch:
Liebst Du den Mann, dem morgen Du vermählt wirst?

Leonore.

Sprich nicht von ihm — es ist die letzte Stunde,
Die Dich und mich auf dieser Welt vereint,
Sprich nicht von ihm.

Marlow.

Du liebst ihn nicht!

Leonore.

O still!

Die letzte Stunde ist's, die Sterbestunde,
Die aller Dinge schweres Siegel bricht —
Du — meiner Seele — tief gehegter Traum —
Marlow — fahr wohl — auf ewig. (Sinkt an seine Brust.)

Marlow.

Leonore!

Mit durst'gen Lippen gehst Du in die Wüste!
An jenes Mannes Brust wirst Du verschmachten!
Hör' mich!

Leonore (reißt sich los).

Ich will nicht! Darf nicht!

Marlow.

Höre mich!

Pflicht hat Dein „ja" erpreßt; Pflicht wird zum Frevel
Wenn sie des Herzens Stimme übertäubt!
Ich weiß den Quell, um Deinen Durst zu stillen!
Liebe, das ist der große Strom der Wonne,
An dem die Blumen unsres Lebens blüh'n!

Leonore.

Der Mann, von dem Du sprichst, ist gut, ist edel;
Er hat mein Wort, er liebt mich!

Marlow.

Glaub' es nicht!
Er liebt die Tochter Thomas Walsinghams,
Nicht Leonoren, denn er kennt sie nicht!
(Stürzt vor ihr nieder, umfaßt sie.)
Hier liegt der Mann, dem sich Dein tiefstes Wesen,
In einer einz'gen Stunde mehr erschloß
Als ihm in Jahren! Laß von Francis Archer!
Sein Lieben ist Gefallen, meine Liebe
Ist tiefe Noth, die nach Erlösung schreit!
Sie tödtet mich, wenn Du Erlösung weigerst!
Sei mein, geh' mit mir!

Leonore (ringt die Hände).

Vater! Vater! Vater!

Marlow (erhebt sich).

So wie ein Sohn den eig'nen Vater liebt,
So lieb' ich Deinen Vater, Leonore;
Sein tiefster Wunsch ist, glücklich Dich zu seh'n,
Den Wunsch erfüll' ich, glücklich sollst Du sein!

Leonore.

Glücklich durch Sünde?

Marlow.

Glücklich durch den Geist!
O zittre nicht, denn hier ist keine Sünde,
Das große Glück ist heilig durch sich selbst. —
Lausch meinem Wort: als Gott die Welt erschaffen,
Da lag die Erde mit geschloss'nen Augen,
Mit dumpfen Sinnen, starrend ohne Laut;
Da stieg der Dichter auf der Erde Zinnen
Und sang zu Gott das Lob der Kreatur —
Und brausend gingen alle Ströme auf,
Die Völker jauchzten Echo seinem Liede,
Die Erde ward sich ihrer selbst bewußt. —

57

Komm mit dem Dichter, reiche mir die Hand;
Auf Berges-Häuptern ſollſt Du mit mir ſteh'n;
Und hörſt Du dann mit tief entzücktem Ohre
Den Jubelruf der preiſenden Natur,
Und trinkt Dein Herz an nie geahnter Wonne,
Dein ſchmachtendes, ſich tiefe Sättigung,
Dann, Leonore, gieb mir Antwort dann,
Wenn ich zu Füßen knieend Dir geſunken
Dich fragen werde, ob Du noch bereut.

Leonore (fällt ihm um den Hals).

Dichter, ſprich weiter, Himmel, thu' dich auf!

(Reißt ſich los.)

Nein — ſchweig! Sprich nicht! Denn ich bin Fleiſch und Blut,
Und Fleiſch und Blut verbrennt bei Deinen Worten!

Marlow.

Nein, keine Furcht — ſieh unſrer Beider Seelen,
Wie zwei Gedanken, welche Gottes Haupt
In einem großen Augenblick gedacht,
So kamen ſie zur Welt — ſie gingen träumend
Und ſuchten ſich — heut endlich kam die Stunde,
Da ſie ſich jauchzend in die Arme ſchließen —

(Leonore blickt ihn ſtarr an.)

Was blickſt Du ſo?

Leonore (flüſternd).

Du biſt kein Menſch — nicht wahr?

Marlow.

Was wär' ich ſonſt?

Leonore (ebenſo).

Ich ſah vor langen Jahren
Ein Weib verbrennen — eine Hexe war's —
Sie ſagte, ein Mal in der Mitternacht
Sei Einer ihr erſchienen — von Geſtalt
Ein Mann, doch herrlicher als andre Männer —
Und dieſes war —

Marlow.

Was wer?

Leonore (fällt ihm um den Hals).

O nein — nicht wahr —
Du bist es nicht? Bist's nicht?

Marlow.

War wer?

Leonore.

Der — Böse!

Marlow (taumelt zurück).
Ah Weib — fahr wohl!
(Wendet sich zum Abgange nach rechts.)

Leonore.

Marlow — verstößt Du mich?

Marlow.
Du lies nicht mehr in Christoph Marlow's Versen!
Du zeuge Kinder, setz' Dich an den Heerd —

Leonore.

Hör' mich!

Marlow.

Zu lang' schon hab' ich Dich gehört!
Du bebtest, doch es war nicht heil'ger Schauer,
Nur dürft'ge Angst! Wer sich vor Göttern fürchtet,
Dem offenbart kein Gott sich — kehre heim
Zu Deinen Menschen und derselbe Abgrund,
Der ihren Weg von meinem Wege trennt,
Beschütz' Dich vor dem bösen Christoph Marlow!
(Geht an die Thür rechts.)

Leonore.

Nicht so!

Marlow.

Für ewig!

Leonore.
Gott vergebe mir —
Ich trank sein Licht zu tief mir in die Seele —
Verlaß mich nicht — bleib' bei mir!

Marlow (ſtürzt zu ihr zurück, umfängt ſie).

Leonore!!
Sieh meine Thränen — nur der Menſch kann weinen,
Glaubſt Du es noch, daß ich der Böſe ſei?

Leonore.

O frage nicht, ſo ſchön ſind dieſe Thränen
Wie der lautloſe, heil'ge Morgenthau
Nach wilder Nacht. — Sieh, andre Frauen tragen
Ihr laſtend Herz zum Prieſter in die Beichte —
Dichter, Du biſt mein Prieſter, und Dein Wort
Iſt heil'ger Weisheit Offenbarung mir —
Hier bin ich, ganz in Deine Macht gegeben,
Sag' mir, was ſoll ich thun?

Marlow.

Mein düſtres Leben
Sollſt Du mit Deinem ſüßen Licht erhellen,
Mein ſollſt Du ſein und mit mir ſollſt Du geh'n.

Leonore.

Muß es ſo ſein?

Marlow.

Wenn Du den Dichter liebſt —
Er braucht Dich, Leonore.

Leonore.

Das iſt wahr,
In Deinen Verſen hab' ich es geleſen.

(Sie macht ſich von ihm los und kniet vor dem Seſſel nieder, auf dem ihr Vater vorher geſeſſen hat.)

Marlow.

Was knieſt Du dort? Vor wem?

Leonore.

Vor meinem Vater. —
Siehſt Du ihn dort nicht ſitzen?

Marlow.

Nein, er ſchläft.

Leonore (sinkt mit dem Haupte auf den Sessel).

Doch wehe, wenn er auferwachen wird!

(Sie faltet die gerungenen Hände.)

Du siehst mich nicht, Du hörst mich nicht, mein Vater,
Schlaf birgt Dein sündenvolles Kind vor Dir.
Verdamme nicht, Du hast ihn auch geliebt,
Von Deinem Herzen erbte ich mein Schicksal!

Marlow (richtet sie auf).

Vergiß an meinem Herzen Deine Angst.

Leonore.

Und weißt Du auch, was ich vergessen muß?

(Umarmt ihn leidenschaftlich.)

Dein Herz umfangend, laß Dein Herz mich wägen,
Groß muß es sein, um Alles zu ersetzen
Der, welche Alles heut durch Dich verliert!
Reich wie Natur, die nie versiegende,
Die schaffend ihre Schöpfung überbietet,
So sei Dein Herz! Betäube mich im Rausche!
Du reißt mich aus dem Boden, der mich nährte,
Schenk' mir den Himmel Deiner Phantasie!
Versprichst Du das? Versprichst Du das mir?

Marlow.

Ja!

Du, von dem Himmel mir Gespendete,
Ja, ich versprech's! O Du, in Deinen Aengsten
Zwiefach Geliebte, einem Könige
Ergabst Du Dich; Gebieter ist der Dichter
Im Reich der Geister und der Menschenherzen,
Und reich, wie Königinnen, sollst Du sein!

(Umfaßt sie, zieht sie nach rechts.)

Leonore.

Vater und Vaterhaus!!

Marlow.

Geschmückt mit tausend Kränzen
Führ' ich dereinst zum Vater Dich zurück!
Schon bleicht die Nacht!

61

Leonore.

     Es lauern Mörder, sagt man,
Dort draußen in der Nacht!

Marlow.

     Du fürchte nichts.
Mein Arm beschützt Dich wider eine Welt!

Leonore.

Ach, tauchten sie den Stahl in diesen Busen
Und stürben wir vereint in dieser Nacht!

    (Marlow schlägt den Mantel um sie, beide rechts ab.)

6. Auftritt.

Margaret (im Nachtkleide durch die Mitte).

Margaret.

Mir war's, als hört' ich Schritte sich bewegen
Und Stimmen wechseln? Brennend steht das Licht —
Vergaß sie es zu löschen, eh' sie ging?

    (Sie geht an die Thür links, öffnet behutsam, blickt hinein.)

So dunkel ist's — so leise geht ihr Athem,
Daß ich nicht seh' noch höre.

    (Sie kommt zurück, ergreift das Licht, leuchtet in den Raum links.)

       Leer das Bett!

(Kehrt zurück, setzt das Licht auf den Tisch, ihr Blick fällt auf die offene Balkonthür.)

Die Pforte offen, die zum Garten führt —

    (Eilt an die Thür, blickt hinaus, bleibt starr.)

Und das sind Rosses=Hufe!   (Mit furchtbarem Aufschrei.)

      Leonore!!

  (Sie taumelt rückwärts, greift nach dem Sessel, sinkt an dem Sessel nieder.)

O — Gott im Himmel, später laß mich sterben,
Nur noch in diesem Augenblicke nicht!
Rath — Hülfe — Kraft in diesem Augenblick!
Die Diener wecken?

     (Klopfen an der Mittelthür.)

    Wessen Klopfen dort?

    (Sie erhebt sich, geht an die Mittelthür, öffnet.)

7. Auftritt.

Francis Archer (halb angekleidet durch die Mitte).

Francis.

Hier war es, wo man schrie; Du, Margaret?
Was suchst Du hier?

Margaret (lallend).

Ich — suche — Deine Braut.

Francis (stößt sie rauh zurück, so daß sie an die Wand taumelt.)
Unselige! (Ergreift das Licht, stürzt auf die Pforte nach links zu.)

Margaret.

Falsch suchst Du, falsch, sieh dorthin! (Zeigt nach rechts.)
Die offne Thür — begreifst Du nicht?

Francis (steht starr mitten auf der Bühne.)
Entflohen?!

Margaret.

Geraubt — entflohen — Bräut'gam Deine Braut!
Vom Pfühle, den ihr Liebe zubereitet,
Auf's Roß — in seine Arme —

Francis.

Christoph Marlow!
Gieb Deinen Donner, Gott, mir in die Hand,
Daß ich das Haupt zerschmettre dem Verdammten!
(Er setzt das Licht auf den Tisch, wendet sich nach der Mitte.)

Margaret.

Francis, wohin?

Francis.

Zum Stall, mein Pferd zu satteln.

Margaret.

Und ihnen nach?

Francis.

Ihm nach, auf Tod und Leben!

Margaret.

Recht so, recht so — doch leise, theurer Francis,
Weck' ihn nicht auf!

Francis.

Ach armer, alter Mann!
Nimm auf die Leuchte, zeige mir den Weg,
Damit ich seiner Thür vorübergehe
Und ihn nicht wecke.

(Margaret nimmt das Licht, öffnet die Mittelthür — von außen bringt Lichtschein herein.)

Margaret.

Helft, ihr Heil'gen alle —
Er ist erwacht — dort kommt er mit den Dienern.

8. Auftritt.

Thomas Walsingham (erscheint in der Mittelthür, zwei Diener mit Lichtern hinter ihm.)

Walsingham (steht auf der Schwelle).

Wer, mit der Stimme, die am jüngsten Tage
Die Todten weckt, rief meines Kindes Namen?

(Pause.)

Was steht Ihr stumm? Francis — was thust Du hier,
In meiner Tochter Zimmer hier zur Nacht?

Francis.

Es ist nicht — Eurer Tochter Zimmer mehr.

Walsingham (fährt auf ihn zu).

Francis!!

(Zu den Dienern nach links zeigend.)

Her mit dem Lichte und die Pforte auf!

(Wendet sich nach links, Margaret wirft sich vor seine Füße.)

Margaret.

Geht nicht hinein, mein theurer Herr, geht nicht!

Walsingham.

Was — ist dort drin?

Francis.

Ihr theiltet Eure Liebe
Und Euer Recht an Eurem Kind mit mir —
Laßt mir die Sorge, fleh' ich, geht zur Ruh!

Walsingham.

Warum verwehrt Ihr mir mein Kind zu seh'n?

Francis.

Weil Ihr verlangt, was wir nicht geben können.
Den Räuber fragt nach ihr, der sie Euch stahl!

Walsingham.

Seit siebzehn Jahren kenne ich mein Kind.
Du lügst! Du lügst! Laßt mich ihr Bett befühlen,
Ich glaub' Euch nicht — bleibt Alle hier zurück!

(Ergreift das Licht, wankt links ab, die Pforte bleibt offen.)

Walsingham (draußen links).

O Leonore!

(Kommt zurück, sinkt auf den Stuhl, das Licht entfällt ihm.)

Leonore — o — —

(Er liegt wie ohnmächtig im Sessel.)

(Pause.)

Walsingham (richtet das Haupt auf).

Ich gab ihm Nahrung, als er hungerte,
Ich weinte, als ich hörte, er sei todt;
An meinem Herzen schlug sein junger Geist
Die Augen auf, und als er mannbar wurde,
Ging ihm mein Segen, wie ein Vater nach. —
Ich habe Vaterrecht an ihm erworben,
So hat mein Wort des Vaterfluchs Gewalt:

(Er erhebt sich.)

Du, keine Satzung achtend, als die Willkür
Des eig'nen Geist's, der Dich mit Stolz berauscht,
Marlow, ein Größ'rer komme über Dich;
Dein Geist zerbreche unter seinem Geiste,
Und Deines einz'gen Hortes so beraubt,
Verzweifle! — Und das Weib an Deiner Seite,
Das meine Tochter hieß —

Margaret.
      Nicht weiter, Herr,
Nicht weiter, Herr!

Walſingham.
   Das meine Tochter hieß —

Margaret.
Ihr ſollt nicht Euer Fleiſch und Blut verfluchen,
Ihr ſollt in dieſer Stunde Eures Grolls
Nicht Euer unglückſel'ges Kind verderben!

Walſingham.
Mein Kind war eines Mannes keuſche Braut,
Und dieſe da —

Francis.
    Iſt Braut deſſelben Mannes.

Walſingham.
Wer — ſprach das?

Francis.
    Ich, der ihr mein Wort verpfändet.

Walſingham.
Du willſt ſie haben — um ſie zu beſtrafen?

Francis.
Nein — ſie zu lieben.

Walſingham.
    Lieben — kannſt Du noch?

Francis.
O Herr des Himmels — ja.
    (Er verhüllt ſich die Augen.)

Walſingham.
     Mein Kind! Du giebſt
Mein Kind mir wieder!

Francis (stürzt auf ihn zu, umarmt ihn).
Vater!

Walsingham.
Leonore!

(Sinkt schwer in den Sessel zurück, versucht sich zu erheben und sinkt kraftlos in den Sessel zurück, wendet das Haupt nach den Dienern.)

Führt mich hinweg, ich will nichts weiter sagen,
Sonst —

(Die Diener sind herangetreten, mit ihrer Hülfe hat er sich erhoben, plötzlich fährt er nach dem Herzen.)

Was ist das?

Margaret.
Was — theurer Herr?

Walsingham (die Hand auf dem Herzen).
Hier drinnen
Etwas — was nie hier drinnen war — zuvor.
Das — war ein Ruf von drüben.

Margaret (erfaßt seine Hand).
Geht nicht von uns,
Bleibt auf der Erde, bis sie wiederkehrt!

Walsingham.
Still — hier spricht Gott. — Francis — in Deine Seele
Befehle ich mein vaterloses Kind.
Der Mensch, der Liebe noch auf Erden findet,
Ist noch nicht ganz verloren — drüben — Francis,
Bring Du mein Kind mir wieder, drüben — drüben —

(Wendet sich, auf die Diener gestützt, langsam zum Abgange nach der Mitte.)

Vorhang fällt.

Ende des zweiten Aktes

Dritter Akt.

(Ein Saal im Königlichen Palast zu London, welcher als Vorsaal für die dahinter liegende Bühne zu denken ist. Thüren rechts und links und in der Mitte. Rechts auf der Bühne ein Tisch. Stühle unordentlich verstreut. Durch die Mittelthür sieht man, wenn dieselbe sich öffnet, in einen mit Lampen erhellten Gang. Von Zeit zu Zeit hört man aus der Entfernung Stimmen und Lärm.)

1. Auftritt.

Zwei Schauspieler (der erste in der Maske des „Apothekers", der zweite in der des „Prinzen" aus Romeo und Julia, sitzen auf Stühlen). **Trillop** (kommt von links).

Trillop.

Henslow da? Master Henslow da?

Erster Schauspieler (zeigt nach der Mitte).

Draußen auf der Bühne, Herr Trillop; bringt Ihr etwas?

Trillop (hält eine gefüllte Börse empor).

Futter für Euch, meine Löwen! Goldkörner für Euch, meine Tauben!
(Zu dem ersten Schauspieler mit theatralischem Pathos):

„Mann, komm hierher; ich sehe, Du bist arm,
Nimm, hier sind vierzig Stück Dukaten." —

Erster Schauspieler.

Gebt her! (Streckt die Hand nach der Börse aus.)

Trillop (zieht die Börse zurück).

Teufel — er ist noch in der Rolle. — Nein, Schau=
spieler, meiner Seele, ich darf nicht, wie ich möchte, sie sind für
Master Henslow, Euren Tyrannen; Hundert Dukaten! Unsere

erhabene Gebieterin, die Königin selbst, hat sie mit eigenen Händen hineingezählt. Sie ist entzückt, Tom, hingerissen ist sie, begeistert, hingeschmolzen! Wie wir Alle, Tom, wie wir Alle! O Ihr Knaben Apolls, welch' ein Stück habt Ihr uns gebracht! O Romeo! O Julia! O Marlow, Christoph Marlow, Dichter meiner äußersten Stunden! Was hab' ich gesagt, Tom, als Ihr den Tamerlan tragirtet? Er ist eine Cypresse, hab' ich gesagt! Wachsen wird er, wachsen! Wachsen! Hab' ich das gesagt, Tom?

Erster Schauspieler.

Das habt Ihr gesagt, Herr Trillop.

Trillop.

Früchte wird er tragen, hab' ich gesagt, wie ein Granat=, Granat=, Granatbaum! Hab' ich Recht behalten, Tom? Hab' ich?

Erster Schauspieler.

Ihr meint also auch, daß Christoph Marlow das Stück geschrieben hat?

Trillop (klopft ihn auf die Schulter).

Ich will Dir etwas sagen, Tom, mir macht Ihr nichts vor; Ihr macht ein Geheimniß aus dem Verfasser — ich weiß nicht warum — aber mir macht Ihr nichts vor — wenn das ein Anderer fertig gekriegt hat, als Kitt Marlow, dann sollst Du mir einen Kreuzschnitt über die Nase machen und ich will schwören, daß ich als Kreuzschnabel zur Welt gekommen sei.

Erster Schauspieler.

Das wäre schade.

Trillop.

Und wie hast Du Deinen Apotheker tragirt, Tom! Du warst strahlend in Deiner Schäbigkeit! Ich lade Dich ein, Tom, auf eine Kanne Sekt, nach dem Theater im Wirths= haus zur Meermaid — willst Du kommen, Tom? Willst Du, Apotheker meiner schönsten Stunden?

Erſter Schauspieler.

Mit Vergnügen, Herr Trillop; und wenn Ihr noch eine Kanne zugebt, ſo will ich bei der dritten ſchwören, daß Ihr ein Mann von Urtheil, Geiſt und Geſchmack ſeid!

Trillop.

Jetzt aber muß ich zurück ins Theater, ſonſt verpaſſ' ich den Schluß — und man ſagt, er ſoll grauſam ſchön ſein.
(Ab nach der Mitte.)

Zweiter Schauspieler.

Nun ſo ſag' endlich ein Mal, wer eigentlich das Wunder=thier iſt, das uns das Stück geſchrieben hat? Du weißt es, Henslow hat's Dir verrathen.

Erſter Schauspieler.

Drei Kannen Sekt darauf, daß Du es nicht erräthſt.

Zweiter Schauspieler.

Kitt Marlow alſo wär' es wirklich nicht geweſen?

Erſter Schauspieler.

Kitt Marlow, will ich Dir ſagen, iſt todt, mauſetodt ſeit heute Abend; iſt geſtorben an Romeo und Julia.

Zweiter Schauspieler.

So ſag's, wer es iſt.

Erſter Schauspieler.

Darf nicht, Henslow hat's verboten.

Zweiter Schauspieler.

Warum denn?

Erſter Schauspieler.

Weil der Verfaſſer nicht zur Zunft gehört; er iſt keiner von den Schriftgelehrten, darum fürchtet Henslow ſich vor ihnen, ſie ſind neibiſch wie alte Jungfern auf eine Braut.

Zweiter Schauspieler.

Mir darfſt Du es doch verrathen?

Erster Schauspieler.

Denk' ein Mal nach; wer war's, der eigentlich Deine Rolle heut spielen sollte — den Prinzen? Hm?

Zweiter Schauspieler.

Wer? Nun Bill Shakespeare, der krank zu Hause liegt.

Erster Schauspieler (stößt ihn an).

Bill Shakespeare — hm?

Zweiter Schauspieler.

Hm?

Erster Schauspieler.

Merkst Du nichts?

Zweiter Schauspieler.

Nein.

Erster Schauspieler.

Dummkopf!

Zweiter Schauspieler.

Das — soll doch nicht gar heißen —

Erster Schauspieler.

Still!

2. Auftritt.

Henslow (ein Manuskript in Händen). **Trillop** (durch die Mitte zu den Vorigen).

Henslow (hinter Trillop mit Verbeugungen hergehend).

Nehmt es auf Euch, werther Herr Trillop, Ihrer Majestät meinen Dank zu sagen, verkündet unserer allermächtigst erhabensten Königin, werther Herr Trillop, daß Henslow, ihr armer Knecht, demüthig zu ihren Füßen liegt —

Trillop (schlägt ihn auf den Bauch).

Dann gebt mir einen Hebebaum mit, sonst kommt Ihr nicht wieder auf die Beine.

Henslow.

Ihr ſeid witzig, gütig, voll Anmuth und Leutſeligkeit
wie immer, werther Herr Trillop, wie immer.

(Trillop links ab; Henslow dienert hinter ihm her, dann kommt er in die Mitte der
Bühne.)

Ich danke Euch, Götter, ich bin glücklich, ich danke Euch!
Apollo du mein Schutzpatron, ich unterbreite dir meinen Dank;
du haſt deinen treuen Knecht nicht im Stich gelaſſen, ich
danke dir! Du haſt ihm geholfen, dem armen Henslow, dem
braven, treuen, unverdroſſenen, armen Henslow, ich danke
dir! Welch ein Abend, o ihr Götter des Olymps, welch ein
Abend für Alt=England! Hundert Dukaten aus der Hand
unſerer ruhmreichen Königin! Außerdem werde ich gewiß
Direktor der Königlichen Schauſpiele werden! O armer
Henslow, wenn du das geahnt hätteſt, als du noch, ein zartes,
vielverſprechendes Knäblein, die Wiege in Anſpruch nahmſt!
„O Romeo — warum denn Romeo —" ei zum Teufel nein
— erſt recht Romeo! Und noch ein Mal Romeo! Hundert
Dukaten! Die Königin ſoll leben!

Zweiter Schauſpieler (zum erſten).

Er wird bei lebendigem Leibe verrückt.

Erſter Schauſpieler (zum zweiten).

Verlange Zulage von ihm und Du wirſt ſehen, wie raſch
er wieder vernünftig wird. (Laut.) Nun Maſter, ſeid Ihr zu=
frieden?

Henslow.

O meine Freunde in Apoll — o welch ein Abend! O
wie ſchön habt Ihr Eure Rollen tragirt! (Zum zweiten Schauſpieler.)
Aber, zum Donnerwetter, Schurke, Du verpaßt ja Dein Stich=
wort — der Prinz hat den Schluß — o ihr Genien des
Parnaſſes, welch ein Schluß! Welch eine Entwicklung! Welche
Rauheit und welche Süße alles in Einem zuſammen gemiſcht!
(Zum zweiten Schauſpieler.) Wirſt Du gleich machen, daß Du hin=
aus kommſt?

(Zweiter Schauſpieler elend durch die Mitte ab.)

Henslow

(legt das Manuſkript auf den Tiſch, geht händereibend auf und ab.)

Und weißt Du, Tom, was der Sache ihren ganz be=

sonderen kostbaren Reiz giebt? Daß niemand weiß, wer es geschrieben hat, unser famoses Stück!

Erster Schauspieler.

Ja, sie zerbrechen sich weidlich die Köpfe darüber.

Henslow.

Ganz wild und toll sind sie darauf, es zu wissen. Auf wen räth man, Tom? Auf wen räth man?

Erster Schauspieler.

Auf wen wird man rathen? Alle Welt schiebt es Christoph Marlow in die Schuhe.

Henslow (kichernd).

Das hab' ich mir gedacht! Aber Eure Schuhe, mein großmäuliger Herr Christoph, sind zu plump für solche feinen Versfüße! O Tom, was wird er wüthend sein! Rasen wird er, toben, brüllen, wie „Hyrkaniens Leuen", wie „Tamerlan".

Erster Schauspieler.

Er hatte darauf gerechnet, daß wir heut eins von seinen Stücken der Königin vorspielen würden.

Henslow.

Freilich, freilich; und nun muß solch ein armer Komö= diant, solch einer mit Bandrosen auf den Schuhen herkommen und ihn aus dem Felde schlagen, den großen Mähnen=Löwen auf Englands Theater! Ei, ei, ei, mein armer Herr Christoph, das thut mir leid um euch, aber wir werden eure Stücke jetzt billiger bekommen, denk' ich. Was meinst Du, Tom?

Erster Schauspieler.

Wenn er den Schlag überhaupt verwindet.

Henslow.

War er im Theater, Tom? Hast Du ihn gesehen?

Erster Schauspieler.

Freilich war er da, freilich hab' ich ihn gesehen bis da, wo Julia vom Balkon zu ihm hinunterspricht —

Henslow.

Und von da an?

Erſter Schauſpieler.

War er plötzlich verſchwunden.

Henslow.

Wie war ſein Geſicht, Tom?

Erſter Schauſpieler.

Ungefähr wie das Eure, Maſter, wenn wir vor leeren
Bänken ſpielen.

Henslow (tippt ihn auf die Schulter).

Du Galgenſtick! Das hat ein Ende, leere Bänke giebt's
nicht mehr in Henslow's Theater, ſo lange Bill Shakeſpeare
ihm Stücke ſchreibt!

Erſter Schauſpieler.

Und unterdeſſen liegt der arme Bill Shakeſpeare krank
in ſeiner elenden Kammer.

Henslow.

Geh' hinüber zu ihm, mein Junge, nachher, bring' ihm
eine Kanne Sekt mit, ich bezahl's, Tom, ich bezahl's.

Erſter Schauſpieler.

Ja, Ihr ſeid wirklich ein großmüthiger Mann!

Henslow.

Leben und leben laſſen — das war immer mein Grund=
ſatz! War Johnſon da? Und Green? Und Naſh? Und die
übrige Zunft der Schreiber?

Erſter Schauſpieler.

Freilich, freilich.

Henslow.

Saß Marlow bei ihnen?

74

Erster Schauspieler.

Marlow bei denen? Wißt Ihr nicht, daß er keinen seines
.ngangs würdigt, als nur sich selbst?

Henslow.

So hat er seinen Aerger einsam verdaut?

Erster Schauspieler.

Das heißt, es saß da Jemand neben ihm — Jemand
anz merkwürdiges — weiß der Teufel, wo er sich den auf=
egabelt hat; ein junger Herr — was soll ich sagen — ein
Graf — ein Lord — so sah er aus — ein Gesicht wie
ldonis, Locken — so lang — und Augen — wie — wie —
.un, laßt Euch das von Bill Shakespeare beschreiben — ich
.ill jetzt zu ihm hinüber gehen. — (Erhebt sich.)

Henslow.

Du willst ihm von dem Erfolg seines Stückes erzählen?

Erster Schauspieler.

Freilich will ich das.

Henslow.

Aber vorsichtig, Tom, hörst Du, vorsichtig. Sag' ihm,
es hätte gefallen, ganz gut — hätte gut gefallen — aber —
siehst Du, mein Junge, es ist um seiner selbst willen — sag'
.hm nicht Alles — diese jungen Leute, Tom, siehst Du —
.iese jungen Leute, die ein paar Gedanken im Kopfe haben,
Du glaubst nicht, wie das Lob sie verdirbt; wenn wir ihn
nicht bescheiden halten, Tom, dann, siehst Du —

Erster Schauspieler.

Dann schreibt er Euch sein nächstes Stück nicht wieder
jür eine Kanne Sekt, meint Ihr?

Henslow.

Du Spaßvogel Du! (Greift in die Börse.) Ich hatte Dir
schon lange einmal etwas zugedacht — (nimmt zwei Dukaten heraus,
läßt einen wieder zurückgleiten) da — nimm, mein Junge, ich geb'
gern, nimm, Dein Apotheker hat mir heut gefallen, Tom —

Erſter Schauſpieler (nimmt das Geld).

Armer Bill Shakeſpeare — noch drei Dukaten, und deir
Stück iſt durchgefallen.

Henslow.

Du Ausbund von einem Galgenvogel — ich muß jetz
auf die Bühne — aber Du verſtehſt mich doch? Es iſt nich
um meinetwegen, Tom, wahrhaftig, nur zu ſeinem wohlver-
ſtandenen Beſten — (Ab nach der Mitte.)

Erſter Schauſpieler (ihm nachſehend).

Ja, ich verſtehe Dich, Du — Du Ausbund von eine
Geldharke — ich verſteh' Dich. (Ab nach rechts.)

3. Auftritt.

Leonore (in der Tracht eines jungen Edelmanns, kommt, in tiefen Träumen verloren,
von links).

Leonore (vor ſich hin ſprechend).

„Willſt Du ſchon geh'n? Der Tag iſt ja noch fern;
Es war die Nachtigall und nicht die Lerche,
Die eben jetzt Dein banges Ohr durchdrang" —
(Sie unterbricht ſich.)
O ew'ge Schönheit — ſtill — wie weiter dann?
„Sie ſingt des Nachts auf dem Granatbaum dort —
Glaub', Lieber, mir, es war die Nachtigall" —
(Sie faltet, wie in Verzückung, die Hände.)
Ja — glaube mir, Du Großer und Geliebter,
Du ſelber biſt die trunk'ne Nachtigall,
Und Deinen Sang wirſt du der Welt entſenden,
Jahrhunderte berauſchend. — Wüßt' ich nur,
Warum ſein Angeſicht ſo büſter blickte?
Und plötzlich riß er ſich von meiner Seite
Und ging hinweg? Vergebens ſuch' ich ihn —
Ich find' ihn nirgends? Sei er, wo er ſei,
(Breitet die Arme aus.)
In dieſe Arme wird der ſtolze Aar
Doch endlich flattern, und ſein ſtolzes Haupt
Wird koſend er zu dieſem Herzen beugen,
Wenn es von ſeiner Fülle ruhen will. —

) armes, schwaches, überreiches Herz! —

(Sie tritt an den Tisch, bemerkt das Manuskript.)

Was liegen dort für Blätter? (Hebt es auf.) Romeo! —

es Zaubrers Buch — komm — hier ist Julia —

(Sie drückt das Manuskript an die Lippen und an das Herz.)

) hier hinein! Hier bleibe ewig! Ewig!

(Sie schlägt, am Tische stehend, das Manuskript auf.)

u schönheitfluthend Meer, laß mich versinken

n deiner Tiefe und in deinem Schooß

Rich Perlen suchen — hier — o dieses war's:

(Liest in dem Manuskript.)

4. Auftritt.

Marlow (bleich, verstört, erscheint in der Thür links, und bleibt, von ihr nicht gesehen, dort stehen.)

Leonore (liest).

Komm, ernste Nacht, du züchtig stille Frau,
Janz angethan mit Schwarz und lehre mir
Ein Spiel, wo jedes reiner Jugend Blüthe
um Pfande setzt, gewinnend zu verlieren —"

(Sie läßt das Manuskript sinken.)

) — ich verlor, um Alles zu gewinnen.

Marlow.

hat'st Du's?

Leonore (fährt zusammen).

Wer kam dort?

(Wendet sich zu ihm.)

Marlow! Romeo!

(Fliegt mit einem Aufschrei auf ihn zu, ihn leidenschaftlich umarmend.)
(Marlow blickt starr auf sie hinab.)

Leonore.

) schlimmer Mann, kehrst Du mir endlich wieder?
Geliebter Flüchtling, fang' ich Dich auf's neu?
War Dir mein Lob, Du Stolzer, zu gering?
Licht Vorwurf jetzt, zu schön ist diese Stunde,
nd jetzt kein Lob, die Stunde ist zu groß!

Komm, blicke freundlich, ſtolzes Angeſicht,
Denn, wie die Sonne, die auf Berges Gipfel
Dem Wand'rer ihre junge Pracht enthüllt,
So geh'ſt Du vor mir auf in dieſer Stunde
Des jungen Ruhms — und dieſe meine Lippen,
Den Trank vorkoſtend, der die weite Welt
Dereinſt berauſchen wird, ſie bringen Dir
Zuerſt das Wort, das Alle einſt Dir jauchzen:
Dank Dir! Dank Dir!

Marlow

Dank? Mir? Von wem? Wofür?

Leonore.

Wofür? Wofür? Dank Dir für Juliens Schuld
Und Dank für Romeo, der Julien liebte!
Iſt hier nicht auch Verona's ſüße Sünde?
Ward hinter Vaters Rücken hier nicht auch
Liebe geſchürzt? Und würde Marlow's Name
Nicht Welt und Weltgeſetz für Leonore,
Wie Romeo es ward für Julia?
O Großer, Dank Dir, für Dein größtes Werk!

Marlow (reißt ſich von ihr los).

Ah, Weib!!

Leonore.

O güt'ger Himmel, was war das?

Mir war's — als ſtießeſt Du mich fort von Dir?

(Pauſe.)

Marlow.

Was liegt dort auf dem Tiſche?

Leonore (tief betroffen).

Was — dort liegt?

Marlow.

Was laſeſt Du? War's ſchön? Ei ja, ſo ſcheint's,
Die trunknen Augen ſchwammen in Verzückung,
Die Lippen ſtammelten, und Aug' und Lippen
Sie liefen in die Wette, um den Inhalt
Ganz einzuſchlürfen!

78

Leonore.
Durften sie es nicht?

O sprich zu mir!

Marlow.
Heiß' mich in dieser Stunde

Nicht reden, Weib!

(Er tritt an den Tisch, erst zögernd, dann mit einem Sprunge und fällt über das
Manuskript her.)

Ha, da — da ist's! Da ist's!

(Er fällt auf einen Stuhl am Tische nieder, das Manuskript an sich reißend, fortstoßend,
darin wühlend, endlich dumpf hineinbrütend.)

O Hölle — Himmel — Satanas — und Gott —
Räuber — wo liegt die Welt, wo stahlst du sie,
In welcher dieses hier die Sprache ist?
Die Erde redet nicht mit solchen Zungen!

(Er schlägt mit der Faust auf das Manuskript, springt auf.)

Dies schrieb ein Gott!

Leonore (eilt auf ihn zu, umarmt ihn).
O wahrlich, Du sprichst wahr!

Marlow (furchtbar lachend).
Hahahaha!

Leonore (fährt zurück).
O Himmel — warum lachst Du?

Marlow.
Nur weiter doch, sprich weiter, schwärm' Dich satt,
Du machst es wie das Volk der Athenienser,
Die für den unbekannten Gott Altäre
Sich bauten!

Leonore.
Für — den unbekannten Gott?

Marlow (ergreift das Manuskript).
Ach — hier in Händen halt' ich's — laß mich seh'n —
Ob's unvergänglich ist — ein einz'ger Griff,
So ist's nicht mehr!

(Macht Miene, das Manuskript zu zerreißen.)

79

Leonore (entreißt es ihm).

Hilf Jesus, was beginnst Du?

Marlow.

Nimmst Du's an's Herz?

(Oeffnet die Mittelthür, blickt hinaus.)

Sie kommen vom Theater —
Nash — Green und Peel — und Johnson — allesammt —
Die ganze Meute, die nach Marlow kläfft!
Ha — wie sie schmunzeln, flüstern, wie der Hohn
Aus jeder Falte der Gesichter grinst!

(Er wirft die Thür zu.)

Fluch Allen Euch! Und Fluch dem Eindringling,
Der an der Götter Tafel sich gesetzt
Und sich die Brocken stahl, die mich vergiften!

(Will nach links ab, Leonore hängt sich an ihn.)

Leonore.

Marlow!

Marlow.

Laß mich!

Leonore.

Ich laß' Dich nicht!

Marlow (macht sich von ihr los).

Du sollst!
Willst Du den Blick an meiner Schande weiden?
Willst Du mit anseh'n, wie sie mich verhöhnen?

Leonore.

O, das ist Wahnsinn! Niemand höhnet Dich,
Sie jauchzen Dir!

Marlow.

Verdammt ihr Jauchzen! (Links ab.)

Leonore.

Marlow!

(Steht wie rathlos da, dann links hinter ihm ab.)

5. Auftritt.

Green. Nash. Schauspieler und Schriftsteller
(kommen aufgeregt durch die Mitte).

Green.

Ich sag's und bleib' dabei und sag's noch ein Mal:
Kitt Marlow schrieb das Stück und Keiner sonst!

Nash.

Und ich erlaube mir und sage nein.

Green.

Kaltnäs'ger Hund von einem Rezensenten,
Dich ärgert sein Triumph.

Nash.

Te te te te —
Der gute Green, der gute Robert Green.

Green.

Wette darauf.

Nash.

Man soll mit Green nicht wetten,
Im Rausche der poetischen Begeist'rung
Vergißt er zu bezahlen.

Green.

Heute zahl' ich,
Und wär's mein Letztes — in der Meermaid drüben
Machen wir's aus.

6. Auftritt.

Ben Johnson (durch die Mitte zu den Vorigen).

Nash.

Da kommt der weise Johnson,
Der Alles weiß und immer eins darüber,
Frag' den zuerst.

Green.

Johnſon, ſag' Deine Meinung,
Wer ſchrieb das heut'ge Stück?

Johnſon.

Keiner von Euch,
Das iſt gewiß, das Weit're apokryph.

Naſh.

Kannſt Du Lateiniſch, Green?

Green.

Man hat's gelernt.

Naſh.

In's Feuer das Latein — es nützt Dir nichts,
Nimm Dir ein Beiſpiel an dem armen Johnſon.

Johnſon..

Green, ſchriebſt Du jemals Rezenſionen ſchon?

Green.

Nein, mein Apoll.

Johnſon.

Thu's niemals, guter Junge,
Denn ſolch ein Rezenſent —

Naſh.

Denn weißt Du, Green,
Er ſchwadronirt Latein, wie Cicero
Und kann nicht einen Vers auf Engliſch ſchreiben.

Johnſon.

Ein Rezenſent, ſiehſt Du, das iſt der Mann,
Der Alles weiß, und gar nichts kann!

Green.

Zum Teufel das Gezänk! Wer ſchrieb das Stück?
Ich ſage, Marlow war's, Du ſollſt entſcheiden.

Johnson.

Alles in Allem ist's ein braves Stück,
Drum könnt' es Marlow sein, doch — überleg' ich,
Die zarte Anmuth und den Witz der Sprache —
So sag' ich nein — Marlow hat keinen Witz.

Nash.

Den hat Ben Johnson nur für sich gepachtet.

Johnson (laut).

Marlow hat keinen Witz.

Nash.

Wenn ich nur wüßte,
Wo Johnson alle seine Witze läßt?
Er braucht sie nie, wenn er Komödien schreibt.

Johnson.

Du Muster eines Rezensenten Nash,
Schmeißfliege, die von fremden Schüsseln nascht!

Nash.

Ein Witz von Johnson — aber er ist madig!

7. Auftritt.

Peele (durch die Mitte zu den Vorigen).

Peele.

Es ist heraus! Das Stück ist nicht von Marlow!
Ist nicht von Marlow!

Green.

Woher weißt Du das?

Peele.

Einer von Henslow's Jungen hat's verrathen.

Johnson.

Was hab' ich Euch gesagt?

Nash.

Zum Henker, also
Wer hat das Mondkalb fabrizirt?

Peele.

Man weiß nicht.

Green.

Dann halt' ich meine Wette!

Johnson.

Was sagt Henslow?

Peele.

Henslow macht ein Geheimniß aus der Sache.

Nash.

Wo steckt denn dieser Thespiskarrenschieber,
Dieser Geheimnißkrämer, dieser Henslow?

Johnson.

Ja, wo ist Henslow?

Alle.

Henslow! Wo ist Henslow?

8. Auftritt.

Lodge (durch die Mitte zu den Vorigen).

Lodge.

Schreit nicht, der hat sich aus dem Staub gemacht.

Green.

Dann wett' ich, sitzt er in der Meermaid drüben.
Kommt, Freunde!

Alle.

In die Meermaid! In die Meermaid!

Johnson.

Probatum est.

Nash.

Wir pumpen ihn voll Sekt,
Bis sein Geheimniß, wie ein alter Hamster,
Dem man den Bau mit Wasser vollgegossen,
Herausgeklettert kommt.

Johnson.

Probatum est.

Lodge.

Nein, bleibt noch hier — der Kämmerer der Königin,
Lord Hunsdon, kommt sogleich.

Johnson.

Lord Hunsdon? Was?

Lodge.

Die Königin, sammt ihrem ganzen Hofe
Fest überzeugt, daß Marlow der Verfasser
Des heut'gen Stückes sei, schickt selbst nach ihm,
Um irgend eine Gunst ihm zu erweisen.

Peele.

Das Stück ist nicht von Marlow, seid gewiß;
Wir woll'n dem Lord es sagen.

Nash.

Sei kein Narr —
Verdirb' uns nicht den Spaß — o Freunde, Freunde,
Ich opfre alle Nähte meines Rocks,
Wenn ich vor Lachen berste! Hört mich an:
Wir stell'n uns Marlow=gläubig, Marlow kommt —
Und das Gesicht — o Freunde — das Gesicht,
Wenn er vor Seiner Lordschaft dasteh'n wird
Und sein „ich schrieb es nicht" miauen muß.

Lodge.

Ich bin dabei!

Green.

Ich nicht!

Naſh.
Green, ſei kein Narr!

Green.

Naſh, ſei kein Schuft!

Peele.
Ah — Marlow iſt ein Großmaul!

Johnson.
Ein Bühnenbrüller und ein Bretterſtampfer.

Green.

Pfui! Undankbares Volk!

Johnson.
Bortrefflich! Hört!
Wir wären Dank ihm ſchuldig?

Green.
Allerdings.
Gichtbrüchig, voller Runzeln, ohne Saft,
So ſah die Muſe von Alt=England aus.
Da ſchloß ſie Chriſtoph Marlow in die Arme
Und ſie gebar zwei Löwen!

Naſh.
Nenn' ſie! Nenn' ſie!

Green.
Frag' Du die Kinder auf den Gaſſen draußen,
Wer „Tamerlan" und „Doktor Fauſtus" ſchrieb!

Peele.
Schon wahr.

Lodge.
Schon wahr.

Johnson.
Ach was, er ſieht uns Alle
Ueber die Achſel an!

Alle.
Ja, das ist wahr!

Nash.
Wie schändlich sprach er neulich über Green!

Green.
Was? That er das?

Nash.
Mit eig'nen Ohren hört' ich's —
Frag Johnson, Peele und Lodge.

Green.
Ihr habt's gehört?

Peele.
Ja freilich haben wir.

Green.
Hol' ihn der Teufel!
Wo aber steckt er denn?

Peele.
Er muß noch hier
Im Schlosse sein; er ging noch nicht hinaus.

Green.
Kommt denn, wir suchen ihn — still da — seht das.

9. Auftritt.

Leonore (von links zu den Vorigen).

Lodge (leise).
Das ist der junge Mann, der heute Abend
An Marlows Seite im Theater saß.

Green (leise).
Ein junger Mann? Nun, wenn ich meinen Oheim
Von meiner Tante unterscheiden kann,
Das ist ein Weib!

Johnson (leise).
Ein Weib in Männertracht?

Lodge (leise).
Sie fand sonst keinen Einlaß in's Theater.

Nash (leise).
Und konnte ihren Marlow nicht bewundern.
Kommt, thut wie ich, folgt Alle meinem Beispiel.
(Er geht mit ausgestreckten Händen auf Leonore zu.)
Willkommen, uns'res Marlow's schöner Freund!
(Schüttelt ihr die Hände.)

Alle (ergreifen ihre Hände).
Willkommen, hoch willkommen!

Leonore (verwirrt).
Gute — Herren —

Peele.
Ihr saßt heut im Theater neben ihm?
Ja, Ja, wir irren nicht?

Nash.
Wo bleibt er denn,
Der böse Marlow? Ist es recht und billig,
Daß er sich vor den Freunden so versteckt?

Lodge.
Man wünscht sich gern nach solchem Abend Glück.

Peele.
Ihr wißt gewiß, wo er zu finden ist?

Nash.
So geht und ruft ihn her zu seinen Freunden.

Leonore.
Ich fürchte schier, er wird nicht kommen wollen,
Er ging vorhin, in seltsamer Verstimmung.

Nash.

Nun hört das an; verstimmt nach solchem Abend!

Lodge.

Wir werden seine düst're Stirn entfalten,
Geht, junger Herr.

Nash.

Und wenn ihm seine Freunde
Zu wenig sind, so sagt, die Königin
Schickt her nach ihm.

Leonore.
Die Königin?

Peele.

Ja, freilich,
Sie macht ihn zum Direktor ihres Schauspiels!

10. Auftritt.

Trillop (durch die Mitte zu den Vorigen).

Trillop (steigt auf einen Stuhl).

Die Schwäne grüß' ich und die Nachtigallen,
Alt=Englands ruhmbeschwingtes Federvolk.
Wo aber weilt der König des Geflügels,
Marlow, der Aar? In welches düst're Faß,
Gefüllt mit nächt'ger Dinte, tauchet sich
Der Kiel, der „Tamerlan" und „Doktor Faustus"
Und heut Verona's Kinder uns geschenkt?

Leonore.
Nach Marlow fragt Ihr?

Trillop.

Ja, mein holder Prinz,
Ja, mein Adonis und Endymion.

Leonore (leise).
Wer ist der tolle Mensch?

Nash (leise).

Der Narr der Königin;
Ein Kerl, von großem Einfluß; wie Ihr hört,
Er fragt nach Marlow.

Trillop (steigt herab).

Wollt' in meinen Füßeu
Vorboten seh'n für würdigere Füße,
Die nach mir kommen werden.

Nash (sieht ihm auf die Füße).

Größere?

Trillop.

O Du Gestank in edler Dichternase,
Du Dintenklecks auf sauberem Gedicht,
Du Warze in dem Angesicht der Schönheit,
Mit einem Worte: Nash, Du Rezensent,
Mit dem Respekte meff' ich jene Füße,
Nicht mit der Elle — wißt, Lord Hunsdon naht,
Der Kämmerer unsrer hocherhab'nen Herrin,
Mit Gunst befrachtet, wie ein Kauffahrtheischiff,
Die er am Tropenstrand der Königsgnade
Für Marlow eingeheimst!

Nash.
Ah! Das ist recht!

Peele.
Ja, das ist recht; das lob' ich.

Lodge.
Das ist recht!

Nash.
Es ist und bleibt doch unser Christoph Marlow,
Und keiner thut's ihm gleich.

Trillop.
O Wunder! Wunder!
Verona's Zwist hat Frieden angestiftet
In England. Sättigt meine Neubegier
Mit Auskunftsspeise, wo entdecke ich
Den englischen Tyrtäus und Homer?

90

Den neu erstandenen Euripides,
Ihn, den Virgilius meiner schönsten Stunden?

Peele (zeigt auf Leonore).
Fragt diesen hier, fragt diesen jungen Herrn.

Lodge.
Er weiß, wo Marlow ist.

Trillop.
O mein Narcissus,
Dann sei der Zephyr Euer Segelwind,
Geht eilend, ruft ihn her.

Alle.
Geht, ruft ihn her!

Trillop (geht an die Mittelthür, blickt hinaus).
Lord Hunsdon naht —

Nash.
Das Kauffahrtheischiff kommt!

Trillop.
O gift'ger Nash!
(Zu Leonore.)
Geht, holdester Cupido,
Unziemlich wär' es, wenn der hohe Lord
Ihn hier erwarten müßte.

Leonore.
Wohl, ich gehe —
O gute Herr'n, ich hatte nicht gedacht,
Daß Ihr so freundlich ihm gesonnen wäret,
Habt Dank! Habt Dank!
(Eilend links ab.)

Green (halblaut).
Das liebe, dumme Ding,
Fast dauert's mich.

Nash.
Johnson, bedanke Dich,
Ich schenke heut' Dir Stoff zu einer Posse!

11. Auftritt.

Lord Hunsdon (gefolgt von Pagen, welche Lichter tragen, durch die Mitte. (Alle Anweſenden verneigen ſich ehrerbietigſt bei ſeinem Eintritt.)

Lord Hunsdon.

Willkommen, Herr'n. —

(Sieht lächelnd umher.)

Wie ſchwer iſt meine Pflicht:
Aus ſolchem Strahlenkreis von Geiſt und Witz,
Soll ich geſondert einen Strahl erwählen —

Naſh (leiſe zu den Anderen).

Er wird an ſeinen Bildern ſich die Finger
Verbrennen; gebt nur acht. —

Johnſon (leiſe).

Still, Läſterzunge!

Hunsdon.

Erleichtert mir die Arbeit, werthe Herr'n,
Löſt unſrer Aller Zweifel, nennt das Haupt mir,
Dem das Verdienſt des heut'gen Abends zukommt.

Naſh.

Euer Gnaden, der Verfaſſer nennt ſich nicht,
Muthmaßung iſt, was wir Euch geben können.

Hunsdon.

Muthmaßung in dem Mund des Sachverſtänd'gen
Kommt der Gewißheit gleich; ſagt Eure Meinung.

Naſh.

Nun meine, Euer Gnaden, nennt ſich Marlow.

Hunsdon (zu den Uebrigen).

Und dieſer Herren?

Alle (nach einander).

Marlow, Marlow, Marlow.

Hunsdon.

Ihr macht mich stolz, Ihr Herr'n, da Eure Meinung,
Ganz zu der meinen paßt. — Wo weilt er nur?

Peele.

Er hält sich fern, doch denk' ich, er muß kommen,
Wir sandten schon nach ihm.

Lodge.

Da kommt er! Da!

12. Auftritt.

Marlow. Leonore (von links zu den Vorigen).

Nash.

O, unser Marlow!

Peele.

Christoph Marlow!

Alle.

Heil!

(Sie eilen auf ihn zu, umringen ihn, schütteln ihm die Hände.)

Marlow.

Was soll mir das? Was greift Ihr meine Hände?
Fort, sag' ich!

Nash.

Stets und ewig doch der alte,
Der wilde Marlow!

(Zu Hunsdon).

Wollt verzeihen, Herr,
Die Freude riß uns hin.

Hunsdon (zu Marlow).

Nun, werther Herr,
Allzu bescheiden, nennt man allzu stolz;
Der Künstler, der sein eig'nes Werk verleugnet,
Kränkt dessen Urtheil, dem sein Werk gefiel.

Marlow.
Was meint Ihr? Wovon sprecht Ihr, gnäd'ger Herr?

Nash.
Gebt acht: er ist der einz'ge Mann in London,
Der nichts vom Stücke Christoph Marlow's weiß.

Marlow.
Von — welchem Stück?

Peele (lachend).
Von welchem? Hört Ihr das?

Lodge.
Der Witzbold der!

Hunsdon.
Seid ernst, Ihr Herr'n, ich bitte,
Im Namen Königlicher Majestät
Sprech' ich zu Englands Dichter, Christoph Marlow:
Elisabeth, die Königliche Frau,
Beflissen, jeden Quell an's Licht zu heben,
Der Englands Boden tränkt und nährend schmückt,
Weil sie in Euch die thatenfrohe Seele
Des Volks erkennt, dem all' ihr Herz gehört,
So reicht sie, Dichter, Euch die Königshand.
Und wie Ihr heut mit Eurem schönsten Werke
Euer Schaffen krönet —

Marlow (dumpf knirschend).
Ah —

Hunsdon (sieht ihn erstaunt an).
So schickt sie mich,
Als Gnadenboten —

Marlow.
Spart den Botenlohn!!

Hunsdon.
Wie? Welch ein Ton?

Marlow (blickt mit rollenden Augen um sich).

Wer von Euch — that mir das?

Hunsdon (äußerst bestürzt).

Was ist ihm?

Nash.

Wir sind sprachlos, Herr, wie Ihr.

Hunsdon (zu Marlow).

Wollt Ihr mich, Herr, zu Ende hören?

Marlow.

Nein!

Bringt Eure Botschaft dem, für den sie gilt.

Hunsdon.

Nun — das seid Ihr?

Marlow.

Nicht ich!

Hunsdon.

Erklärt mir nur —

Marlow.

Nichts — ich erkläre nichts!

Hunsdon.

Ich kann den Ton
Nicht dulden, den Ihr braucht!

Marlow.

Ich will die Fragen
Nicht haben, die Ihr thut!

Hunsdon.

Das Stück von heute —
Das Stück ist nicht von Euch?

Marlow.

Nein! Nein! Und nein!
Nun seid verdammt! Und geht verdammt zur Hölle!

Hunsdon (wendet ſich zu den Pagen).

Die Lichter auf — ich habe mich verſeh'n,
Den Dichter ſucht' ich — und ich fand ein Thier!
(Mit den Pagen durch die Mitte ab.)

Naſh
(eilt nach der Mittelthür, als wollte er Lord Hunsdon nach).

Es iſt nicht wahr! Ruft ihn zurück! Ich glaub's nicht!
Marlow hat falſch gehört, hat ſich verſprochen!

Peele.

Es iſt nicht möglich!

Lodge.
Solch ein Meiſterwerk!
Und nicht von Marlow?

Naſh.
Sag' es noch ein Mal,
Du ſchriebſt es nicht? Wirklich? Du ſchriebſt es nicht?

Marlow
(ſpringt auf Naſh zu, wirft ihn mit einem Griff zu Boden).

Frag' ein Mal noch, ſo würg' ich Deine Fragen
Dir in die Kehle, daß Du dran erſtickſt!

Naſh (am Boden).

Er bringt mich um!

Alle.
Was thuſt Du?

Marlow.
Eine Bremſe
Zertret' ich, die mein Leben lang mich ſtach!
Ein Narr, wer fragt, wenn er die Antwort kennt,
Ein Schuft, wer fragt, um Antwort zu erpreſſen,
Die Wunden reißt!

Peele.
Was hat er Dir gethan?

Lodge.
Was willſt Du von dem Mann?

96

Johnson.

Darf man nicht fragen?

Marlow.

Nein, Schurke!

Johnson.

Schurke? Was?

Marlow.

Ja, Schurken, Alle!
Ihr wußtet Alle, daß ich es nicht schrieb!

Alle (murmelnd).

Bah — woher sollte man? —

Marlow.

Hierher mit dem
Und Stirn an Stirn mir den, der es nicht wußte!

(Pause.)

Gezüchtet von Feiglingen! Raubgier'ge Wölfe,
Durch Neid verkoppelt zu verruchtem Bund,
Maulwürfe, die im Dunkeln an den Wurzeln
Lebend'ger Triebe nagen — eine Waffe
In meine Hände — Waffen — eine Waffe!

(Er springt zurück, ergreift einen Sessel.)

Nash (steht rasch auf).

Das kam zur Zeit. —

(Eilt an die Thür rechts.)

Verzeih' den Irrthum, Marlow.
Wir haben Dich für ein Genie gehalten,
Es soll nicht mehr gescheh'n — Du bist ein Stümper.

(Entflieht nach rechts.)

Marlow

(läßt den Stuhl fahren, springt hinter ihm drein.)

Hund, dafür stirbst Du!

(Alle werfen sich dazwischen, halten ihn auf.)

Green.

Er ist rasend — toll —

97   7

Johnſon.

Herr Trillop, ruft die Wache des Palaſtes!

Trillop (tritt begütigend zu Marlow).

Mein werther Herr, wer wird ſich um ein Stück
So wild ereifern?

Marlow.

Geh' zum Teufel, Narr!

Trillop.

Was? Wie? Iſt das mein Dank?
(Läuft nach der Mitte.)

Hollah! Die Wache!
Die Wache! Tamerlan iſt toll geworden!
(Durch die Mitte ab.)

Green.

Chriſtoph, komm mit uns, ſei vernünftig, Chriſtoph.

Marlow.

Geh' in die Hölle mit den Deinigen!

Johnſon.

Es führt zu nichts, an einen Raſenden
Worte verſchwenden, kommt, wir gehen, kommt.

Peele.

Wir geh'n.

Lodge.

Wir geh'n.

Green.
Marlow —

Marlow.

Hinaus mit Euch!
(Johnſon, Peele, Lodge, Green, Alle rechts ab.)
Hinaus mit Euch! Verſchlinge Euch die Erde,
Euch, mich und ihn! Und Alles und die Welt!
(Bricht auf einem Seſſel am Tiſche zuſammen.)

98

Herab, herab, herab auf dieses Haupt,
Du steinernes Gewölbe! Brich hernieder
Auf dies geschändete, unnütze Haupt!

Leonore
(die während des ganzen Vorganges wie betäubt gestanden hat).

Ach armer Marlow — armer —

Marlow (fährt auf).
Was war das?
Wer wagt's, mich zu bedauern?
(Wendet sich.)
Ah!
(Wendet sich von ihr ab.)

Leonore (tritt näher).
Kennst Du mich nicht? Willst Du mich nicht mehr kennen?
O, nur noch ein Mal, fleh' ich, sieh' mich an.

Marlow (abgewandt).
Ich kann nicht! Deine Augen foltern mich!
Sie fragen, wo der Mann geblieben sei,
Der Dir die Welt versprach! Ja wohl, ich weiß,
Du hast verbrieftes Recht! Komm morgen wieder,
Unheilvoll ist die Stunde heut gewählt!

Leonore.
Nein, sprich nicht so; es ist ein schlimmer Trost,
Den wir durch Kränkung And'rer uns bereiten;
Nicht um zu fordern, komm' ich —

Marlow.
Recht gethan!
Hier ist nichts mehr! Die Kerze ist erloschen,
Kein Gott vom Himmel wird sie neu entzünden!
Niemals in Ewigkeit! O niemals! O!
(Bricht am Tisch zusammen, das Haupt in die Hände gedrückt.)

Leonore.
Den Menschen such' ich, dem mein Herz ich schenkte —
Zerstöre mir sein theures Antlitz nicht.

Marlow (wie oben).

Ah, klug erdacht; ah, feine Unterſcheidung,
Der Dichter iſt beſeitigt, laßt uns ſeh'n,
Was an dem Menſchen bleibt; den Dichter ſuchen
Wir and'ren Orts.

Leonore.

Wen ſuch' ich, Marlow? Wen?

Marlow (ſpringt auf, wendet ſich zu ihr).

Den Hexenmeiſter ſuchſt Du von Verona!
Wer gab Dir Recht zu ſolcher Unterſcheidung?
Verflucht die Stunde, die Marlow, der Menſch,
Marlow, den Dichter, in mir überlebt!
Und ſo getheilte Liebe will ich nicht!
Almoſen nehm' ich nicht! Ward ich zum Bettler,
So hab' ich die Gewohnheit noch des Königs,
Und Kön'ge ſterben, eh' ſie betteln geh'n!

Leonore.

Getheilte Liebe? Das war Marlow nicht,
Der eben ſprach — der Mann, der ſolches ſagte,
Hat nichts von Leonoren je gewußt!
(Sie ſinkt in die Kniee.)
Hier, ganz mit Leib und Seele lieg' ich hier —
Zeig' mir den Theil von dieſem Inbegriff,
Der Dir nicht angehört!.

Marlow
(tritt dicht auf ſie zu, blickt ſie mit bohrenden Augen an).

Weib, ſchmeichle. nicht!
Ein and'rer König herrſchet auf dem Thron,
Den einſt Dein Herz für Marlow zubereitet:
Der Dichter von Verona's ſüßer Sünde!

Leonore.

Gott helfe mir — wenn mich ſein Wort berauſchte —

Marlow.

Wenn? Es bezwang Dich, unterjochte Dich!

Leonore.

Gehört mein Herz darum nicht Dir mehr?

Marlow.

Nein!

Ich kenne Dich: bei Dir hat nur der Dichter
Ein Recht auf Liebe; für den Dichter Marlow
Gabst Du den Bräut'gam hin —

Leonore
(springt auf, eilt auf ihn zu, hält ihm die Hand vor den Mund).

Nicht weiter, Mann!

Du töbtest mich und schänbest mich im Sterben!
Nicht weiter sprich!

Marlow.

Heut für den größ'ren Dichter
Giebst Du den Stümper, Christoph Marlow hin!

Leonore.

O wehe mir! O wehe mir! O weh!
(Bricht in furchtbares Weinen aus.)

Marlow (erschreckt).

Nicht solche Thränen!

Leonore.

Das sind keine Thränen —
Das ist mein Blut, der Jugend süßes Blut —
Das heut durch Täuschung trübe ward und herbe!
(Sinkt in die Kniee.)

O wärst Du damals, wie ich es geglaubt,
Im heil'gen Kampf für's Vaterland gefallen,
So hätt' ich einen Gott noch in der Brust —
Und jetzt — o wehe mir — o —
(Sinkt ohnmächtig zu Boden.)

Marlow.

Leonore!!
(Er tritt zu ihr, steht wie in dumpfer Betäubung.)

Das einz'ge Herz, das mir auf Erden schlug,
Zertreten unter meinen eig'nen Füßen!
(Pause.)

Fluch meiner Seele! Wahnsinn auf mein Haupt!
Ein Schwert in diese Brust, und todt! todt! todt!
(Wirft sich zu Leonoren nieder.)

Vorhang fällt.

Ende des dritten Aktes.

Vierter Akt.

(Ein Zimmer im Gasthause „Zur Meermaid". Thüren links und
rechts. In der Mitte, im Hintergrunde, eine nischenartige Ver-
tiefung, welche durch einen Vorhang verschließbar ist; in der Nische
ein Ruhebett.)

1. Auftritt.

Leonore (in Frauenkleidern, liegt, wie schlafend auf dem Ruhebett). **Marlow**
(sitzt am Kopfende des Ruhebettes, auf Leonore niederblickend).

Marlow.

Man sagt von Lippen, die zu lange schwiegen,
Daß sie der Sprache holde Kunst verlernen,
Und Augen, die zu bitterlich geweint,
Lächeln nie wieder. — Süßes Angesicht,
In dessen Wangen Gram sich eingenistet,
Dem Wurme gleich, der in der Rose schwelgt
Wird je dir Lächelns Sonne wieder leuchten?

(Leises Klopfen an der Thür rechts.)

Marlow
(greift in nervöser Aufregung zum Degen, der auf einem Stuhle liegt).

Es naht Jemand!

(Steht auf — besinnt sich.)

Ich denke — es ist Green. —
Fort mit dem Stahl, der Vorhang mag sie schützen.

(Legt den Degen fort, zieht den Vorhang vor Leonorens Lager zu, öffnet rechts.)

2. Auftritt

Green (von rechts zu den Vorigen).

Green.

Willkommen, Christoph!

102

Marlow.
Robert, sei gegrüßt!
Warst Du bei dem Juwelenhändler?

Green.
Ja,
Von Londons Brücke eben komm' ich her;
Die Hut=Agraffe, die Du mir gegeben,
Die Schnallen und der Degengriff mit Steinen,
Sie sind verkauft — hier, fünfzig Pfund in Allem.
(Ueberreicht ihm eine Börse.)

Marlow.
Dank, guter Green.

Green.
Nun aber sage mir,
Wozu das Geld Du brauchst?

Marlow.
London verlaß' ich.

Green.
London verläßt Du? Und wo gehst Du hin?

Marlow.
Nach einem Winkel, tiefversteckt im Lande,
Wo ich mit Leonore wohnen kann.

Green.
Du gehst mit ihr?

Marlow.
Sollt' ich sie hier verlassen?
(Führt Green an das Ruhebett, schlägt den Vorhang zurück.)
Tritt her, und schau' sie an — von allen Menschen
Gönn' ich den Anblick Dir nur, meinem Freund. —
An meiner Liebe welkte sie — mein Leben
Gab ihr den Tod.

Green.
Dein Leben?

Marlow

(ſchiebt den Vorhang zu, kommt mit Green nach vorn).

Menſchen giebt's,
Von der falſchmünzenden Natur geprägt
Zu unvollwichtig täuſchendem Metall:
Zu reich, um höchſtes Glück nicht zu verſprechen,
Zu arm für die Gewährung kleinſten Glücks —
Bleib' Solchen fern — ihr Leben iſt Verwüſtung.

Green.

Welch' düſtere Verzweiflung.

Marlow.

Robert Green,
Im Reich der Pflanzen, wie im Reich der Menſchen
Giebt es Naturen, die nur einmal blüh'n —
Mein Leben hat geblüht.

Green.

Und wird auch künftig
In Blüthen ſprießen.

Marlow.

Nein — niemals — nie mehr —
O Robert, als wir beide uns vor Zeit,
Gleich Frühlingsquellen, die vom Berge hüpfen,
Hinunterſtürzten in das off'ne Land,
Und als die Flur, in tauſend Blüthen wogend,
Uns jauchzend ihre Arme öffnete,
Da glaubt' ich, von den Göttern mich geboren,
Des Vaterlandes großer Strom zu ſein —

Green.

Du wardſt ein Strom.

Marlow.

Ich war ein Nebenſtrom
Der großen Fluth, die Dich und mich verſchlingt!

Green.

Du ſprichſt von William Shakeſpeare?

Marlow.

Ah — von ihm,
Deß Name, unser ganz Geschlecht bedeckend,
Gleich einer Pyramide der Egypter
Aufragen wird, ein Denkmal für Zukünft'ge:
„Hier hat ein Volk gelebt." — Sahst Du den Mann?

Green.

Ich sah ihn eben jetzt, da ich heraufkam;
Er sitzt mit Henslow und mit ein'gen Andern
Im Saal der Meermaid unten.

Marlow.

Hier im Haus?
(Wendet sich nach rechts.)
Hinunter — fort!

Green (hält ihn auf).

Christoph — was hast Du vor?

Marlow.

Ich muß ihn seh'n! Den höhnenden Triumph
In seinem übermüthigen Gesichte,
Ich muß ihn seh'n!

Green.

Wer sagt Dir, daß er lächelt?

Marlow.

Vom Himmel will ich ihn herunterreißen,
An den er seinen kecken Namen schrieb,
Als ob das Firmament nur ihm gehörte!

Green.

Am Himmel, Christoph, giebt es viele Sterne,
Und jeder duldet, daß der and're glänzt.
Du thust ihm Unrecht — Stolz und Uebermuth
Sind fern von ihm! Er sprach von Dir zu Henslow,
Mit Liebe, Ehrfurcht —

Marlow.

Hören will ich es
Mit eig'nen Ohren!
(Will hinaus.)

Green (hält ihn).

Nein — es kann nicht ſein!
Wenn Du hinuntergehſt, verräthſt Du Dich;
Aus Cambridge kamen heute Leute an —

Marlow.

Aus Cambridge?

Green.

Ja, die in der Meermaid hier
Den Abſtieg nahmen —

Marlow.

Thomas Walſingham?
Nicht wahr?

Green.

Der nicht, doch eine alte Frau,
In der Begleitung eines jungen Mannes —

Marlow.

Marg'ret und Francis Archer — und der Vater —
Der Vater nicht?

Green.

Der — Vater? — Armer Chriſtoph!

Marlow.

Was blickſt Du ſo?

Green.

Die Diener forſcht' ich aus —
Sir Walſingham iſt in der Nacht geſtorben
Als ſeine Tochter ihn verließ.

Marlow (taumelt).

O!!

(Faßt ſich.)

Still!!

(Leonore iſt von dem Schrei erwacht, hat den Vorhang mit einer Hand zurückgeſchoben
und das Haupt vorgeſtreckt.)

Marlow (faßt Green's Hand).

Sie wiſſen nicht; daß wir im Hauſe ſind?

106

Green.

Sie wissen's nicht; der Wirth ist Dir ergeben,
Und dies geheime Zimmer, wie Du weißt,
Es findet's Niemand.

Marlow (führt ihn an die Thür rechts).

Guter Robert, geh',
Erkunde, forsche —

Green.

Gut — ich will es thun.
(Ab nach rechts.)
(Marlow kehrt zurück, Leonore hat sich aufgerichtet.)

Leonore.

Was sprach der Mann, der eben von Dir ging?

Marlow (für sich).

Sie wacht — Gott schütze mich — sie hat gehört.

Leonore.

Was sprach der Mann? Bitte — verkünde mir?

Marlow (für sich).

Richter des Himmels — legst Du das mir auf?

Leonore (macht eine Bewegung aufzustehen).

Dein Angesicht ist blaß — Dein Schweigen quält mich.

Marlow

(stürzt zu ihr, wirft sich vor ihr nieder, drückt sie sanft nieder).

Bleib' ruhig, Vielgeliebte, hör' mein Fleh'n.

Leonore.

Er brachte ernste Nachricht?

Marlow.

Ja — so ist's —
Drum sieh — drum mein' ich — weil Du heute schwach
Und krank noch bist — laß mich es morgen sagen.

Leonore.

Doch morgen wirst Du Alles sagen?

Marlow.
Alles.

Leonore.
So ſei es denn. — Nur Eins noch ſag' — ich bitte —
Ich weiß nicht, ob ich träumte — doch mir war's
Als ob der Mann von meinem Vater ſprach?
(Pauſe.)

Sprach er von ihm?

Marlow.
Nicht heute, frag nicht heute.

Leonore.
O — was bedeutet das?

Marlow.
Du meine Seele,
Du meines Lebens tief umſchloſſ'ner Kern,
Sieh, wenn Du zitterſt, bebt mein eignes Leben
In ſeinen Tiefen — aus Barmherzigkeit,
Nur heut' ſei ruhig!

Leonore.
Dieſe düſt'ren Worte —
Eiskalte Angſt umklammert mir das Herz —
Mein Vater kam nach London, mich zu ſuchen?
Iſt's ſo? O Marlow, ſprich!

Marlow (dumpf).
So iſt es nicht.

Leonore.
Nun — dann iſt's gut. — Und doch — ſchier wundert's mich,
Daß er nicht kam. — Vielleicht — daß Krankheit — ihn —

Marlow
(erhebt ſich ſtumm, kommt in den Vordergrund, drückt die Hände an die Bruſt, ſpricht halblaut vor ſich hin).

Gott, der Du über Menſchenſchuld und Frevel
Dort oben unerbittlich Rechnung hältſt,
Ich kenne meine That — zermalme mich —

108

Doch wenn Du willst, daß je der Unschuld Lippen
Dich Vater nennen — sei barmherzig dann,
Laß mich nicht sterben gräßlich langen Tod!

Leonore
(hat sich aufgesetzt, verfolgt Marlow mit weit aufgerissenen Augen).

Was murmelst Du? Warum entfliehst Du mir?
(Sie steht auf, kommt langsam nach vorn.)

Krank ist mein Vater? Du verhehlst es mir?
(Sie faßt ihn am Arm.)

Sieh mir in's Auge —

Marlow
(reißt sich von ihr los, wendet sich von ihr ab).

Nein, ich kann nicht! Kann nicht!

Leonore.

Zu Deinen Füßen lag ich ein Mal schon,
Grausamer, hier zum zweiten Male lieg' ich!
(Sinkt in die Kniee.)

Sag' mir, was Du von meinem Vater weißt!

Marlow.

Zerfleische nicht mein Herz mit Deinen Worten,
Ich kann nicht Deinen Fragen Rede steh'n!

Leonore
(springt plötzlich auf, fährt mit beiden Händen an den Kopf).

Das aber ist nicht wahr — das ist es nicht,
Was eben jetzt mir in die Seele zuckte —
(Sie tritt ihm ganz nah, starrt ihn an, spricht langsam, heiser.)

Nein — nein — nicht wahr — mein Vater — ist nicht —
(Marlow wendet sich, schlägt sich vor's Haupt.)

Leonore.
todt!!
(Fällt ohnmächtig um.)

Marlow
(kniet bei ihr nieder, richtet sie in seinen Armen auf).

O Leonore, stirb nicht, bleibe bei mir!
O Leonore, hörst Du mich nicht mehr?

Ihr süßen Augen, liebliche Geschwister
Des holden Lichtes, wacht Ihr nicht mehr auf?

Leonore (schlägt die Augen auf).

Die Nacht — die Nacht — die einsam öde Nacht —
Die Pforte klirrt — er kommt — er kommt — er kommt —
Sein düst'res Auge lodert in mein Herz —
Todsünde strömt von seinen wilden Lippen —
Vater, wach' auf! — Da kommt er — da — da — da —
Die dürren Hände wachsen aus dem Grabe —
Er greift nach mir — er faßt mich — weh' mir — o!
(Sinkt zurück.)

Marlow.

Kennst Du nicht mehr den Arm, der Dich umschlang?
Das Herz nicht mehr, das an dem Deinen pochte?
Den Mann, der Dich geliebt?

Leonore (starrt ihn an).

Du — wer — bist Du? —
Es ist der Böse, der zur Nachtzeit umgeht,
Menschen zu fangen! Rettet! Rettet! Helft!
(Springt entsetzt auf, flüchtet zum Ruhebett, sinkt an demselben nieder.)

Marlow.

O, mehr als Menschen tragen! Gräßlich! Weh!
Hör' mich — erhör' mich — (Tritt auf sie zu.)

Leonore (abwehrend).

Bleibe fern von mir!
Du bist ein Zaub'rer! Meine arme Seele
Hast Du mit finst'ren Künsten unterjocht!

Marlow.

Der Zauber, den ich brauchte, war die Liebe!
Und was Dich übermannte, war mein Herz!

Leonore (richtet sich geisterhaft auf).

Glaub' an Dein Herz nicht, glaube nicht daran;
Todte sind ohne Herz — und Du bist todt.

Marlow.

Ich — todt? Was sprichst Du?

Leonore.

       Weißt Du denn nicht mehr?
Daß Du ertrunken liegst in tiefer Fluth
Bei Grevelingen?

Marlow.

    Schütz' mich, Gott, vor Wahnsinn!

Leonore.

Und aus der Tiefe bist Du aufgestiegen,
Des todten Marlow ruheloser Geist;
Gefährten suchend ewiger Verdammniß,
Fandst Du die arme Leonore — horch!
(Lauscht nach dem Boden.)
Dort unten — hörst Du nicht?

Marlow.

     Was? Was? O was?

Leonore.

Das ist mein Vater, der im Grabe sich
Dort unten regt!

Marlow.

    Hör' auf! Hör' auf! Hör' auf!

Leonore.

Er ruft nach mir —

Marlow.

    Nein — ich ertrag' es nicht!

Leonore.

In seinem Grabe hebt er an zu weinen —
Er weint — er weint —
(Sie sinkt knieend zu Boden.)

111

Marlow.

Verſchlinge mich, Verderben,
Eh' Wahnſinn mich umnachtet!
<small>(Stürzt an die Thür rechts, reißt ſie auf.)</small>
Robert Green!
Er hört mich nicht — iſt fort!
<small>(Blickt hinaus.)</small>
Ah — wer kommt dort?
Wer ſteigt die Treppe auf? In Schwarz gekleidet
Wie mein Gewiſſen?
<small>(Wirft die Thür zu, tritt zurück.)</small>
Es iſt Margaret!
Sei es denn Margaret und ſei's der Tod!
<small>(Stürzt rechts hinaus.)</small>

3. Auftritt.

Margaret. Marlow <small>(Margaret an der Hand zerrend von rechts).</small>

Marlow.

Hier Margaret, laß Staunen jetzt und Fragen,
Sieh dort — ſieh dort! .

Margaret.
Hilf Jeſus! Leonore!

Marlow.

Nicht Leonore mehr, die Du gekannt!
O rette, rette, was zu retten iſt!

Margaret <small>(kniet bei Leonore nieder).</small>
Kennſt Du mich noch, geliebtes, ſüßes Kind?
<small>(Leonore liegt geſchloſſenen Auges in ihren Armen.)</small>

Marlow <small>(beugt ſich über ſie).</small>
Was ſagt ſie? Was?

Margaret.
Ihr Auge iſt geſchloſſen.

4. Auftritt.

Erster Diener (draußen rechts).

Diener.

Hier, gnäd'ger Herr, hier eben trat sie ein.

Francis Archer
(kommt von rechts, packt Marlow, der mit dem Rücken nach rechts steht, an der Schulter).

Francis.

Dieb, Räuber, Mörder! Was beginnst Du hier?

Marlow (wendet sich).

Ha, wer ist das?

Francis.
Du kennst mich!

Marlow.
Ja — ich weiß,
Von den drei Angesichtern meiner Schuld,
Die wie die Furien in das Herz mir schau'n
Bist Du das eine, bist das einzige,
Das wider mich noch Klage heben kann,
Die andren beiden wurden stumm.

Francis.
Durch Dich
Verstummten sie, ruchloser Bube!

Marlow.
Ja,
Auf meinen Namen ist der Fluch getauft,
Der Walsingham erschlug und der sein Kind
In Nacht begrub — Du siehst, ich weiß, weiß Alles,
Denn hier ist Einer, hier in dieser Brust,
Der lauter spricht und gräßlicher verklagt
Als Du vermagst — unnöthig ist's darum
Daß Du mich schmähst!

Francis.
Willst Du Gesetz mir geben,
Ehrloser?

Marlow.

Nein — bei dieſem Anblick
Des heilig großen, ungeheuren Leid's,
Der alle meine Kraft in Reue wandelt,
Schmähe mich nicht!

Francis.

Wählſt Du die eig'ne Schandthat
Zum Schild vor meiner Rache?

Marlow.

Hier, dem Strahle
Der Rache preisgegeben, lieg' ich hier!
(Fällt in die Kniee.)

Francis.

Feigling, ſteh' auf vom Boden, waffne Dich!

Marlow (krallt in den Boden).

Nicht dieſes Wort! Es iſt etwas in mir,
Das Schmähung nicht erträgt! Weck' es nicht auf!

Francis.

Dem Todten, dieſem Weibe und mir ſelbſt
Schwur ich, zu tödten Dich, wo ich Dich fände.

Marlow.

Du wardſt ein Theil vom Hauſe Walſinghams,
Ich will nicht mit der mörderiſchen Fauſt
Zum dritten Male greifen in ſein Haus!

Francis.

Wehrloſe Männer greife ich nicht an,
Feigling, ſteh' auf vom Boden, waffne Dich!

Marlow (ſpringt auf und ergreift den Degen).

Feigling noch ein Mal? Thomas Walſingham,
So muß ich Glied für Glied Dein Haus zerbrechen!
Schickſal, fall' über mich! Tod brich herein.
Francis, komm' an!

114

Francis.
Schon lange wart' ich Deiner!
(Sie fechten.)

Leonore (reißt sich empor).
Marlow!

Marlow (wendet das Haupt nach ihr.)
Leonore!!
(Francis stößt ihm den Degen in die Brust.)

Margaret (fängt den wankenden Marlow in ihren Armen auf).
Erschlagen! Marlow! Weh!

Marlow.
Laß Marlow sterben, Leonore lebt.

5. Auftritt.

Green. Peele. Lodge. Johnson. Andere Schriftsteller (dringen von rechts herein).

Green.
Hier war der Lärm und hier Geklirr von Waffen!
(Blickt auf Francis.)
Mit blut'gem Degen hier ein Mann — und dort
Marlow im Sterben? Mörder!

Alle.
Mörder! Mörder!
(Alle dringen auf Francis ein.)

Marlow (richtet sich auf, tritt zwischen sie).
Sein Groll war ehrlich — redlich war sein Kampf —
Gerechtes Schicksal hat für ihn entschieden!
O still — seht dort —
(Er zeigt auf Leonore, die auf Margaret sich stützend, regungslos steht; er wankt.)

Green.
Schnell, einen Sessel, schnell!
(Ein Sessel wird herangeschoben, Marlow sinkt darauf.)

❧ Christoph Marlow. ❧

Leonore (starr auf Marlow blickend).

Sieh, wie es strömt, das heiße, heiße Blut —
Sieh, wie sie Einbruch in sein Herz verübten,
Und wie es nun vor Aller Augen liegt,
Dies Herz, das mir allein dereinst gehörte!

(Sie erhebt die gerungenen Hände, ein Schluchzen durchzittert ihren Körper.)

So viele Schmerzen hat dies Herz erduldet —
War's nöthig, ihm dies letzte Leid zu thun?

Marlow (streckt seine Hand nach ihr aus).

Du Engel der vergebungsreichen Milde,
Weinst Du um mich?

Leonore.

Um Dich und um uns beide,
Marlow, unsel'ger Mann.

Marlow.

Ja, Thränen waren
Die herbe Gabe, die ich Dir gebracht.

(Er läßt sich knieend vom Sessel gleiten.)

Margaret

Knie' nicht mit Deiner Wunde!

Marlow (zu Leonorens Füßen knieend).

Hier zu Füßen
Des Weibes, das ich kränkte, ist mein Platz. —

(Er schlingt den Arm um Leonore.)

Neig' Dich herab zu mir, geliebtes Antlitz
Und laß mit tiefem, letztem, durst'gem Zuge
Dich in mich trinken, neu geschenktes Licht. —
Geliebtes Weib, hab' Dank für Deine Liebe. —
Weib, das ich schutzlos heut dem Leben lasse,
Vergieb mir, was ich that —

Francis.

Wer nennt sie schutzlos,
Wenn Francis Archer lebt?

(Er tritt mit ausgestreckten Händen auf Leonore zu.)

116

Leonore (weicht zurück.)

O nein — o nein —

Francis.

Du sollst nicht geben, nur empfangen sollst Du,
Was diese Hände bringen, Leonore;
Den Segen Deines todten Vaters.

Leonore.

Vater!!

(Sie schlägt die Hände vor die Augen, läßt sie dann langsam sinken, blickt auf Marlow.)

Aus Deinen Armen riß mich dieser Mann,
Heut schreitet er als Führer Deines Kindes
Den Weg voran, der heim mich bringt zu Dir.

(Sie sinkt auf den Sessel, auf dem Marlow gesessen hat, bettet Marlow's Haupt in ihrem Schoße.)

Marlow
(richtet sich mit letzter Kraft mit halbem Leibe auf, zu Francis).

Der Kuß des Todes weihte meine Lippen —
Und so geweihten Mundes sag' ich Dir:
Vor Deinem Herzen, Francis, beugt mein Geist
Sich in den Staub — ich danke Dir.

(Reckt die Hand nach ihm aus).

Francis (ergreift tiefbewegt seine Hand).

O Marlow!

(An der Thür rechts Stimmengewirr.)

Green (mit halber Stimme nach rechts).

Was giebt es dort?

(Er tritt unter die Gruppe rechts, man sieht, wie er beim Anblick eines außerhalb der Thüre Stehenden zusammenfährt, dann wendet er sich zu Marlow um, feierlich.)

Marlow — hier ist ein Mann,
Der, weil er hörte, daß von Deinen Freunden
Du scheiden willst, die Hand Dir reichen möchte,
Damit er drüben einst Dich wiederfinde
Als Freund den Freund — sein Nam' ist — William
Shakespeare.

(Tiefe, flüsternde Bewegung „Shakespeare", „Shakespeare"; Marlow richtet sich krampf-haft in Leonorens Schoße auf.)

117

6. Auftritt.

William Shakespeare

(erscheint in der Thür rechts, geht bis in die Mitte der Bühne vor, die Augen auf
Marlow gerichtet).

Marlow.

Elysium! Ich seh' Elysium!
Die heil'gen Meister wenden ihre Häupter
Und neigen sich vor Englands großem Sohn!
Sieh, Leonore, sieh, das ist das Bild
Des Dichters, wie ihn Deine Seele träumte:
So groß, so heilig, ohne Hohn und Lächeln
Und ohne Freude, daß der Gegner sank! —
Ihr Götter — seid gelobt, ich liebe ihn!

(Streckt die Hand aus.)

Shakespeare (ergreift seine Hand.)

O — welch ein edler Geist ist hier zerstört.

(Marlow sinkt zurück, stirbt.)

Vorhang fällt.

Ende.